BU 케어 보험

BU 케어 보험

BREAK UP CARE INSURANCE

이희영 장편소설

자이언트북스

차례

1
가입 제안서

세미나실에 남은 사람은 네 명뿐이었다.

"우리도 가요."

남나희가 고개 숙여 속삭였다.

"그런데 우리마저 나가버리면…….."

단다빈이 어색한 미소를 내비쳤다. 그 순간 허공에 불쑥 손이 올라왔다.

"저기요, 이 설명회 끝나면 커피랑 케이크 쿠폰 진짜 주는 거죠?"

검은 양복 차림의 남녀가 고개를 끄덕였다. 걱정하지 말라는 뜻이었다.

"진짜라잖아요. 그냥 좀 듣다가 쿠폰이나 받자고요."

라라미가 한쪽 눈을 찡긋했다.

"이상한 사람들 같아요. 세상에 무슨 저런 보험이 다 있어요?"

간가영이 남녀의 눈치를 살피며 입을 벙긋거렸다. 산후조리원에 웬 세미나실인가 싶었다. 하지만 그리 대수롭지 않게 생각했다. 이곳은 다른 조리원과 비교해봐도 시설과 프로그램이 뒤처지지 않았다. 식단도 다양했다. 무엇보다 근무하는 선생님들을 신뢰할 수 있었다. 산부인과 간호사 출신들인 데다가 신생아 돌봄 전문교육까지 이수한 분들이었다.

다만 조리원 계약서가 특이했다. 하루 두 번 세미나실에서 열리는 각종 설명회를 들어야 한다니……. 귀찮지 않을까 걱정이 됐지만, 비슷한 시설의 다른 조리원보다 비용이 이십 퍼센트가량 저렴했다. 세상에 가격 할인만큼 매력적인 건 없잖은가. 설마 이제 막 출산한, 깨진 꽃병을 접착제로 얼기설기 붙인 것 같은 연약한 엄마들을 대상으로 장시간의 세미나를 진행하지는 않을 것이다. 간가영은 큰 고민 없이 해피맘 산후조리원을 선택했다. 모르긴 해도 이곳을 택한 산모 대부분이 간가영과 비슷한 이유로 왔을 터였다.

"듣기만 해요. 그럼 데브리너스(Devil-in-us) 커피랑 케이크 쿠폰 준다잖아요."

라라미는 순간 입안에 침이 고였다. 눈앞에 데브리너스의 초콜릿 케이크가 아른거렸다. 원한다면 얼마든지 남편에게 사 오라고 부탁할 수 있지만, 세상에 공짜만큼 맛있는 건 없었다. 엄연히 말하면 공짜도 아니었다. 지치고 고단한 몸을 이끌고 한 시간 가까이 보험 상품 설명을 듣고 있지 않은가. 라라미가 앉은 책상 위에는 여러 보험회사의 컬러풀한 팸플릿이 겹겹이 쌓여 있었다.

　아이 사랑 보험을 시작으로 어린이 종합 보험, 다이렉트 키즈 보험에 이름도 생소한 교육보험까지 한가득했다. 대부분이 비슷비슷한 상품이었고 보장도 고만고만했다. 보험료도 별 차이가 없었다. 라라미는 결국 상담 후 받게 될 보험사 선물들에 집중하기로 했다. 그래봤자 잘 쓰지도 않을 주방 식기 세트와 목욕용품, 언제 커서 가지고 놀지 알 수 없는 아이들 장난감이 전부였다.

　출산한 여자들이라고 해서 식기와 욕실용품, 아이들 장난감을 좋아할 거란 생각은 대체 누구 머리에서 나온 기획일까? 생각할수록 한심했다. 그런 시대착오적인 선물에 비하면 프랜차이즈 카페 쿠폰이야말로 얼마나 세련되고 깔끔하냔 말이다. 혹여 카페인이 태아에게 안 좋은 영향을 미칠까 봐 라라미는 그 좋아하는 커피도 열 달 내내 멀리했다. 어차피 쿠폰만 받으면 보험사에서 오는 전화는 그 즉시 수신 차단할 것이다. 그 사실을 분명 보험사도 모르지 않을 것이다. 그럼에도 보험사라는 창은 한두 명의 고객만 뚫으면 성공일 테니까.

"그래요, 설마 조리원에서 사기꾼을 부르겠어요?"

단다빈이 안심하라는 듯 간가영의 팔을 다독였다. 세미나실은 말만 그럴싸한 곳이었다. 그냥 산모들을 대상으로 유아용품, 미용 제품, 가전, 교육교재 그리고 보험까지 각종 업체가 상품 홍보차 들락거리는 시장통과 흡사했다. 산모들에게 이십 퍼센트나 할인해준 비용은 모두 이렇게 충당되겠지. 그 정도의 암묵적 룰을 모르는 사람은 없을 것이다.

오늘은 오전부터 세미나실이 북적였다. 특허받은 영어 파닉스 교재를 시작으로 보험 영업 사원들이 뒤를 이었다. 마지막으로 검은 양복 차림의 남녀가 화면에 광고 영상을 띄우자마자 산모들이 우르르 자리를 털고 일어났다. 하루 두 번 참석이라는 약속은 완수했으니까.

단다빈은 괜스레 검은 양복 차림의 남녀가 안쓰러웠다. 물론 그들이 말하는 보험이 허무맹랑하긴 했다. 세상에 저런 것까지 상품으로 만드는 보험사가 있구나. 생각할수록 헛웃음이 나왔다. 그렇다고 사람이 열과 성의를 다해 설명하는데 쌩하니 돌아설 것까진 없잖은가. 어차피 이들도 누군가의 가족이며, 그들의 생계가 걸린 문제일 테니까. 얌전히 앉아 보험 상품 설명만 들어도 커피 쿠폰이 생긴다는데, 절대 밑지는 장사는 아니었다. 단다빈은 비슷한 시기에 들어온 산후조리원 동기들과 함께 마지막까지 자리를 지켰다.

"솔직히 우리 어머님들도 이런 경험은 한 번쯤 있지 않으실까요?"

보험사 직원이 물었다. 갑작스러운 질문에 네 명의 여자가 서로를 흘낏거렸다. 물론 그런 경험은 누구에게나 있을 것이다. 다만 어머니란 호칭이 어딘가 어색하고 불편했다. 새 구두를 처음 신고 나온 기분이랄까? 발뒤꿈치가 자꾸 신경 쓰이듯 마음 한구석에 강한 압박감이 느껴졌다.

"라미 씨는 없겠다. 남편이 첫사랑이었다며?"

남나희가 말했다.

"뭐 그렇겠지요?"

라라미가 양쪽 입꼬리를 살짝 말아올렸다. 남나희의 시선이 앞에 선 보험사 직원들에게 닿았다. 참으로 이상한 사람들이 도무지 말이 안 되는 보험을 판매중이라 생각했다. 그런데 설명을 듣다 보니 묘하게 설득되는 기분이었다. 경험이 있지 않으냐고? 글쎄, 살다가 그런 경험 한두 번 안 해본 사람이 어디 있을까. 이제 막 세상 빛을 본 아기들도 먼 훗날 한 번쯤은 경험하겠지. 그것이 삶의 진정한 쓴맛일 테니까.

'그런데 너무 먼 얘기 아니야?'

남나희가 끙 소리를 내뱉었다.

"그럼 어머님들, 대략적인 상품 설명은 여기까지입니다. 커피 쿠폰을 받고 싶은 분들은 이곳에 핸드폰 번호를 적어 주세요. 쿠폰은 문자메시지로 발송됩니다. 그 외에도 BU 케어 보험에 관심이 있으신 분은 나눠드린 가입 제안서에 전화번호 있으니까요, 언제든지 편히 연락하시면 됩니다. 더 자세한 설명을 원하시면 감사한 마음으로 기꺼이 찾아뵙겠습니다."

"마지막으로 한 가지만 더 물어봐도 돼요?"

이번에는 단다빈이 손을 번쩍 들었다. 남자가 입가에 엷은 미소를 그렸다. 얼마든지 물어보란 의미였다.

"이거 보장형이라서 만기 환급도 안 되잖아요."

단다빈이 주위의 눈치를 살피고는 말끝을 흐렸다.

"만약에 만기가 다 될 때까지…… 그러니까…….'

머뭇거리는 목소리에 남자가 이해했다는 듯 고개를 끄덕였다.

"그런 경우 만기 때 보상에 대해서는 제가 드린 보험 가입 제안서에 자세하게 나와 있습니다. 어머님들, 잘 생각해보시길 바랍니다. 나눠드리는 쿠폰, 데브리너스 커피 두 잔보다 한 달 보험료가 저렴합니다. 커피값으로, 여러분의 소중한 자녀분을 슬픔과 두려움, 막막함과 억울함에서 지켜주시길 바랍니다.”

남자가 여자들을 향해 손가락 두 개를 들어 보였다. 커피 두 잔 값이란 뜻이었다. 어쩌면 승리를 기원하는 브이 자인지도 몰랐다.

“지금까지 귀한 시간 내주셔서 감사합니다.”

그렇게 해피맘 산후조리원 세미나실에서 열리는 보험 설명회는 끝이 났다.

간가영은 유축기를 사용중이다. 아기가 빠는 힘이 약하다 보니, 모유를 유축해서 젖병으로 먹이는 게 나았다. 남나희와 단다빈은 직접 모유 수유를 했다. 아기가 젖을 빨 때면 유두가 찢어지는 기분이었지만, 꼴딱꼴딱 먹는 모습을 보면 그럭저럭 참을 만했다. 축복받은 단다빈은 젖몸살도 없었다. 유선도 금방 뚫렸다. 산후조리원 동기들 사이에서도 부러움을 한몸에 받았다. 라라미는 몇 번 시도했지만 결국 모유가 나오지 않았다. 깨끗이 포기하고 분유를 먹이는 중이다.

"나는 좀 그렇더라고요. 아니, 이제 막 태어난 아기들한테 왜 이별부터 얘기해요? 사랑을 말해도 모자랄 판에. 괜히 기분 나빴어요."

간가영은 언짢은 표정을 숨기지 않았다. 라라미가 아들에게 분유를 먹이며 대답했다.

"보험이 다 그렇잖아요. 다른 건 안 그런가요? 암, 상해, 재해, 질병, 사고, 장애…… 나는 그런 말들이 더 무섭더라."

남나희가 고개를 끄덕이다 말고 미간을 확 찡그렸다. 찢어진 유두가 아픈 모양이었다.

"하긴 그런 것에 비하면 이별은 뭐…… 아, 쓰라려. 아들, 좀 천천히 먹지?"

"그런데 평생 이별하지 않는 사람도 있잖아요. 라미 씨처럼."

네 여자는 서로 이름을 불렀다. 아직 누구 엄마라는 말도 어색했고, 엇비슷한 나이에 언니니 동생이니 따지는 일도 번거로웠다. 역시 누구누구 씨가 가장 적절한 호칭이라 생각했다.

라라미가 '나요?' 싶은 표정을 지었다. 단다빈이 크게 고개를 끄덕였다.

"라미 씨 남편이랑 고등학교 때 만났다면서요. 서로가 첫

사랑인데 결혼까지 왔다고.”

“아, 예…… 뭐 고등학교 때 만나기는 했죠.”

라라미가 말끝을 흐리고는 젖병을 문 아들을 가만히 내려다보았다.

“맞아. 의외로 주위에 첫사랑이랑 결혼한 사람 많더라. 그런 사람들은 이 보험 들어봤자 소용없는 거 아닌가요?”

간가영이 살짝 웃었다. 그 미소를 남나희가 재빨리 받았다.

“그런데 원래 보험이라는 게 만약을 위해서 들어놓는 거니까. 여태까지 낸 보험료가 아까울 정도로만 살면 좋죠. 상해나 재해는 물론이고 질병도 없었다는 뜻이잖아요.”

간가영과 단다빈이 동의한다는 표정으로 고개를 주억거렸다. 라라미가 아들을 내려다보며 아랫입술을 잘근거렸다. 남편이 첫사랑인 건 맞지만 그렇다고 이별을 경험한 적 없느냐 하면, 그건 또 다른 문제였다.

“저기요, 사실 저도 경험 있어요. 이별.”

말이 끝나기 무섭게 세 사람의 시선이 라라미에게 향했다.

“남편하고 잠시 이별한 적 있어요?”

간가영이 물었다. 라라미가 고개를 내젓고는 흘낏 수유실 밖을 곁눈질했다. 이제 곧 퇴근한 남편이 조리원으로 올 시간이었다. 물론 도착하기 전에 필요한 것이 있느냐 먼저 연락하겠지만, 어쨌든 이런 얘기일수록 조심 또 조심하는 편이 안전했다.

"신랑이 군대 가 있을 때 잠깐……."

'뭔지 알죠?' 하고 묻는 듯 라라미가 한쪽 눈을 찡긋했다. 세 사람이 동시에 '그럼요' 싶은 표정을 지었다.

"첫사랑이랑 결혼했다고 이별 경험 없는 거 아니에요. 정말 첫사랑인지도 확인할 수 없고."

고등학교 때 사귄 첫사랑과 결혼했다고 하면 다들 반응은 엇비슷했다. 대단하다, 멋있다, 참사랑이다, 영화 주인공들이다……. 그러나 라라미는 알고 있었다. 앞에서는 호들갑을 떨지만 뒤에서는 모두 따분해한다는 것을. 연애 시절 라라미도 더러 그런 느낌을 받았다. 물론 남편도 마찬가지겠지만. 그렇다 보니 상대가 군에 묶여 있는 동안 다른 이에게 잠깐 호기심이 생긴 건 사실이었다. 고무신을 거꾸로 신은 건 아니었다. 다만 뒤축을 살짝 구겨 신었다고나 할까?

"아르바이트하다가 만났는데, 약간 호감이 생기더라고요."

라라미가 별일 아니라는 듯 말하고는 아들의 입에서 젖병을 뺐다. 그사이 아기는 곤히 잠들어버렸다. 깨워서 트림을 시켜줘야 하는지 잠시 갈등했다.

"맞아요. 대학 때 아르바이트하다 눈 맞는…… 아니, 연애 시작하는 사람들 많죠."

남나희가 멋쩍게 웃고는 빠르게 덧붙였다.

"그래서 사귀었어요?"

"뭐 그냥저냥 지내다 상대가 영국으로 유학 갔어요."

"어머, 혹시 같이 가자고 한 거 아니에요?"

간가영이 두 눈을 동그랗게 떴다.

"그런 건 아니고…… 어쨌든 첫사랑이랑 결혼했어도 이별 경험은 있다 뭐 그런 얘기입니다."

인생에서 말끔하게 지워버리고 싶은, 소위 말하는 흑역사 자체였다. 그는 유학 준비를 하는 동안 잠시 어울릴 상대가 필요했을 뿐이었다. 그랬으니 유학의 유 자도 꺼내지 않았 겠지. 널 잃고 싶지 않다는, 그토록 유치한 핑계를 진심으로 믿었다니. 그 시절 라라미는 너무 어리고 순진했다. 아니, 바보 같았다. 어쨌든 덕분에 이별의 쓰라림을 경험했고, 또 덕분에 지금의 남편이 얼마나 소중한지도 깨닫게 되었다. 라라미가 애정이 담뿍 담긴 시선으로 곤히 잠든 아들을 내려다보았다. 남편과 자신의 장점만 쏙 빼닮은 아이가 사랑스러워 온몸에 소름이 돋았다.

"그렇구나."

단다빈이 혼잣말을 하며 손끝으로 딸의 볼을 톡 건드렸다.

"그런데 보험 가입 제안서 읽어보니까, 정말 그런 일이 생기면 제법 힘이 될 것 같긴 해요."

이곳 엄마들의 바람은 오직 한 가지뿐이었다. 이 어린 생명들이 조금의 상처도 없이 자라기를. 하지만 세상은 절대 꽃밭과 비단길일 수 없었다. 요철투성이 비포장도로라 해도 과언이 아니었다. 툭하면 휘청이다 넘어지고 무릎이 까져 피멍이 들었다. 사랑도 마찬가지다. 시작할 때는 온 세상이 핑크빛으로 물들지만, 그 색은 쉽게 바래고 오염된다. 이토록 험난한 인생길에서 이별은 필수 코스라 해도 과언이 아니다. 그 경험을 통해 더 성숙할 수도 있지만, 만약 아니라면……

"그럼 다빈 씨는 이 보험에 관심 있어요?"

간가영이 물었다. 단다빈이 어색한 미소로 대답했다.

"보험료가 저렴하긴 하네요."

백 퍼센트 보장형이었다. 만기 환급금이 지급되진 않지만 대신 보험료 인상도 없었다. 단다빈은 문득 출근길에 들르는 회사 앞 프랜차이즈 카페를 떠올렸다. 한 달에 커피 두 잔 값도 안 되는 보험료라니, 크게 부담되지는 않을 것이다.

"하긴 이게 다른 보험들처럼 지금 당장 혜택을 보는 게 아니라 얘네들이 커야 하잖아요. 빨라도 20년 후인데 혹시 또 모르지 않아요? 그때는 사고나 재해 말고도 마음을 돌보고 책임져주는 보험이 생길지. 그럼 미리 들어두는 것도 좋지 않을까요?"

팸플릿을 바라보는 남나희의 눈빛이 사뭇 진지해졌다.

"어머, 저희 신랑 곧 도착한대요. 너 보고 싶어서 일이 손에 안 잡혔단다. 아빠 보러 가자."

라라미가 핸드폰을 확인하고는 먼저 간다며 자리를 털고 일어났다.

"오늘 설명 들은 보험 상품 중에 관심 가는 거 있어요?"

간가영이 나머지 산모들에게 물었다. 교육부터 암, 치아 보험까지 나왔지만, 아무도 검은 양복들의 BU 케어 보험 이야기는 꺼내지 않았다. 라라미가 잠든 아기를 안고 수유실을 나왔다.

*

아들을 바라보던 남편의 미간에 굵은 주름이 생겼다.

"왜?"

"있잖아, 솔직히 객관적으로 봐도 우리 아들 진짜 잘생기지 않았어? 아니, 태어난 지 일주일도 안 된 녀석이 이렇게 이목구비가 또렷하다는 게 말이 돼?"

"팔불출."

입술을 비죽였지만 라라미 역시 같은 생각이었다. 남편을 닮아 피부는 하얗고 두상도 동그마니 볼록한 것이 막 까놓은 삶은 달걀이 따로 없었다. 신생아라고 믿기 어려울 정도로 오뚝한 콧날은 예술 그 자체였다. 코는 라라미의 자부심이었다. 수술했느냐고 의심받을 정도로 오뚝하고 날렵하니까. 도톰한 입술은 남편이요, 풍성한 머리숱은 엄마였다. 기특하게도 아기는 두 사람의 좋은 점만 쏙 빼닮아 태어났다.

"그런데 진짜 그런 보험이 있다고? 사기꾼들 아니야?"

"사기꾼은 아니고, 멀쩡한 보험회사래. 교육보험 쪽으론 제법 유명한 것 같더라."

"이젠 하다 하다 별걸 다 보험으로 만드네."

남편이 어이없다는 표정으로 쳇 콧소리를 냈다.

"다빈 씨는 관심이 있나봐. 가영 씨도 그렇고. 아무래도 딸들이잖아."

다른 사람들을 슬쩍 입에 올렸지만, 그 순간 라라미는 자신의 과거를 떠올렸다. 만남이 짧았기에 강렬했고, 이별 역시 아팠다. 어쩌면 그 시절 누구에게도 털어놓을 수 없었던 아픔이라 기억 속에 더 오래 남았는지도 모른다.

"거기서 딸이랑 아들 구분을 왜 해?"

남편이 쏘듯이 말했다. 라라미가 두 눈을 크게 떴다.

"내 말은 아무래도 남자보다 여자가……."

"뭐 남자는 이별하면 안 아파? 남자들 가슴은 무슨 돌덩이로 만들어졌어?"

물론 이별의 상처가 남녀를 따지진 않을 것이다. 두 사람의 관계에서 더 많이 사랑하는 쪽이 을이라지만, 꼭 그렇지만도 않았다. 마음껏 사랑한 사람이 후유증이 덜 남으니까. 다 끝난 상대에게 괜한 미련이 남는 쪽은 되레 지난 사랑에서 갑이었던 경우가 많았다. 결국 사랑에 명확한 공식이나 증명된 법칙 따위는 존재하지 않는다는 뜻이다.

그 순간 라라미의 등허리로 싸한 기운이 스쳐지나갔다.

"어떻게 그리 잘 아서? 경험이라도 해본 사람처럼?"

스스로가 뻔뻔하게 느껴졌지만, 그것보다 기분 나쁜 의심이 슬금슬금 몸피를 키웠다. 어쨌든 남편의 처음과 마지막 사랑은 오직 한 사람이어야 했고, 그 사람은 얼마 전 몸을 풀어 푸석해진 얼굴이어야만 했다. 싸늘한 아내의 표정에 그가 빙긋이 웃고는 긴 손가락으로 아기의 머리를 어루만졌다.

"그걸 꼭 경험해야 아나? 말했잖아, 재작년에 들어온 신입이 5년 동안 사귄 여자 친구랑 헤어졌다고. 회사까지 그만두려는 거 나랑 팀장님이랑 간신히 다독여서 진정시켰어."

라라미가 허공을 보며 관자놀이를 긁적였다. 어렴풋하게 들은 기억이 났다.

"와, 이별이 무섭긴 하더라. 그 똘똘하던 친구가 하루아침에 무너지는데……."

남편이 생각하기도 싫다는 듯 절레절레 도리질을 쳤다.

"솔직히 그 친구 한강에 갈까봐, 번개탄이라도 사 갈까봐 우리가 얼마나 걱정했는지 알아? 그래서 일부러 맨날 술 먹인 거야. 아예 인사불성 만들려고."

"그래서 우린 맨날 전쟁이었고?"

"덕분에 사람 하나 살렸다."

만약 진짜 고무신을 거꾸로 신었다면 남편은 혹여 탈영이라도 했을까? 사람 하나 살렸다는 말이 뾰족하게 가슴을 찔렀다. 라라미가 모른 척 남편을 곁눈질했다.

"우리 부서 막내가 정신 차렸더니, 이번에는 옆집이 난리인가봐."

"또 뭔데?"

라라미가 묻자 남편이 쯧쯧 혀 차는 소리를 냈다.

"기획 팀에 젊은 팀장이 있거든. 요즘 지독한 스토커에 시달린대. 꽃 들고 회사 앞까지 찾아오질 않나, 부서에 멋대로 간식을 보내지 않나. 소개팅으로 만났다고 했나? 어쨌든 처음에는 괜찮다가 사람이 점점 이상해지더래. 아무래도 인연이 아닌 것 같다고 정중히 말하자마자……."

"완전 무섭다. 되게 질척거리네. 왜 싫다는 여자를 쫓아다녀. 이래서 남자들이 문제라니까. 열 번 찍어 안 넘어가는 나무가 없다고? 웃기고들 있어. 그것도 도끼를 봐가면서 얘기하라고 해. 아름드리 거목이 아기 주먹만 한 손도끼에 넘어가겠냐?"

라라미가 흥분해 소리쳤다. 그럴 줄 알았다는 얼굴로 남편이 피식 웃었다.

"이렇다니까. 팀장이 남자고, 스토커가 여자네요. 경찰에 신고하기도 뭣하고 이래저래 골치 아픈가봐."

회식까지 쫓아와 팀원들이 질겁했다는 얘기를 끝으로 남편이 바닥에 몸을 뉘었다. 늘어지게 하품을 하더니 잠시 뒤 방 안에 쌕쌕 소리가 퍼져나갔다. 베개에 머리만 닿아도 잠드는 사람이었다. 착하고 순하지만, 가끔은 답답할 정도로 우유부단했다. 마음도 여려서 남에게 싫은 소리 한번 못 했다. 저 물러터진 성격까지 닮으면 안 되는데…….

라라미가 손을 뻗어 저만치 밀어둔 보험 가입 제안서를 끌어왔다.

"하긴 남자라고 이별이 안 힘들겠어? 스토킹 당하지 말라는 법 있어? 오히려 남자라서 더 괴롭고 힘들 수도 있지."

문득 세미나실에서 들었던 단다빈의 질문이 떠올랐다.

'만약에 만기가 다 될 때까지…… 그러니까…….'

라라미가 아랫입술을 잘근거리며 보험 가입 제안서를 넘겨 보았다.

"에이, 말도 안 돼. 이렇게 잘나게 태어난 우리 아들이 뭐가 아쉬워서. 오히려 연애 경험이 너무 많아 탈이겠지."

남편은 결국 코를 골기 시작했다. 그 소리에 깨어난 아이가 칭얼거렸다.

"우리 왕자님 깨셨네."

라라미가 서둘러 아기를 품에 안고는 흘낏 남편을 곁눈질했다.

*

엄마의 주름진 눈가가 반으로 접혔다. 곧바로 얼굴에 함박웃음이 피어났다.

"세상에, 너 아기 때랑 어쩜 이리 판박이니."

"그럼 딸이 엄마 닮지, 누구를 닮아?"

"애, 너는 나 안 닮았어. 첫째는 아빠 닮는다고 하잖아. 대신 가진이가 나를 닮았지."

엄마가 콧잔등에 주름을 만들고는 두 눈을 치떴다.

"어쨌든 나 출산휴가 끝나면 고생 좀 해줘요."

육아 도우미를 부를 수도 있었다. 하지만 비용이 만만치 않았다. 아니, 돈 문제는 차치한다 하더라도 믿을 수 있는 사람인지 장담할 수 없었다. 누군가를 온전히 신뢰한다는 건 생각만큼 쉬운 일은 아니다. 간가영은 결국 엄마에게 아쉬운 소리를 할 수밖에 없었다.

아기를 품에 안은 채 엄마가 딸의 눈치를 살폈다.

"가영아, 장 서방도 원하는 것 같고, 애는 엄마가 키우는 게 아무래도……."

"엄마, 또 그 소리. 나 그럼 그냥 다른 사람한테 맡긴다."

간가영이 왈칵 짜증을 토해냈다. 그러자 엄마도 지지 않겠다는 듯 언성을 높였다.

"남편 직업 탄탄하겠다, 집 있겠다, 차 있겠다. 당장 네가 안 벌면 큰일 나는 것도 아니고, 애 유치원 들어갈 때까지만이라도 엄마가 곁에서……."

"엄마, 내가 돈 때문에 일 다니는 줄 알아?"

백 퍼센트 돈 때문은 아니었다. 그렇다고 백 퍼센트 자아

실현 때문이라고도 할 수 없었다. 간가영은 그 둘 사이의 어중간한 지점에서 다소 위태롭게 서성이고 있었다. 엄마의 말처럼 집이 있고 차가 있었다. 남편은 누가 봐도 번듯한 변호사라는 직업을 가졌다. 하지만 사람들이 모르는 사실이 하나 있었다. 남들 눈에 그럴싸하게 보이는 직업이라 해서 경제적으로 여유 있는 삶을 보장받느냐 하면, 그건 또 다른 문제라는 것이다. 남편은 이름만 들으면 누구나 다 아는 대형 로펌에서 일하지 않았다. 억대 연봉을 받지도 않았다. 만약 그랬다면, 다른 조리원보다 비용이 이십 퍼센트 저렴하다는 사실에 덜컥 계약서를 작성하지 않았겠지.

"이것아, 남들이 욕해. 시댁에서 집에 차까지 해줘, 남편이 변호사인데도 애 두고 일하러 다닌다고. 그리고 내년 초에 가진이도 몸 풀 거 아니야. 어쨌든 처음에는 내가 좀 들여다봐야 하지 않겠니."

잠시 입술을 달싹이던 간가영이 이내 한숨을 내쉬었다. 그러고 보니 동생의 출산 예정일도 멀지 않았다. 두 자매는 연년생으로 태어났다. 뭐든지 혼자 알아서 하려는 가영과 달리 동생 가진은 의존적이고 외로움을 많이 탔다. 언니가 하는 건 뭐든 해야만 직성이 풀리는 욕심 많은 성격이었다. 결국 가영이 결혼하기 무섭게 곧바로 날을 잡더니, 임신마저 비슷한 시기에 했다. 가영은 '언니, 나도 딸이래'라고 말하던 동생의 목소리가 떠올랐다. 하필 임신까지 따라 할 게 뭐람?

'나도 그 조리원 예약하려고. 언니가 고른 곳이니 믿을 만하겠지? 언니, 있잖아…….'

두 아이를 친자매처럼 키우자던 동생을 생각하자 가영은 은근한 짜증이 솟구쳤다.

"가진이는 일 그만둘 거야."

"걔네는 아직 집 장만도 못 했잖아. 그만두려면 네가 그만둬야지."

엄마는 모르고 있었다. 시댁에서 해준 집에서 살고, 시댁에서 사준 차를 몰기 위해 간가영과 남편이 한 달에 얼마씩 은행에다 상납하는지를……. 물론 계약을 해주기는 했다. 나머지는 너희들 알아서 하라는 주의였는데, 문제는 간가영과 남편이 알아서 해야 할 그 나머지가 제법 크다는 사실이었다.

'알 턱이 없겠지. 내가 말을 안 했으니까.'

변호사 사위를 얻은 것도 모자라 시댁에서 집과 차까지 해주지 않았는가. 엄마가 얼마큼 사람들에게 자랑을 늘어놓았을지 안 봐도 빤했다. 아니, 그건 단순한 핑계에 불과했다. 엄마에게 자세한 이야기를 함구한 사람은 다른 누구도 아닌 간가영 자신이었다.

사실 그녀는 과거에 결혼까지 생각한 남자가 있었다. 그가 처음 이별을 말했을 때 그 이유가 새로운 여자란 사실을 알았을 때 간가영의 가슴은 폭우 속 모래 둔덕처럼 무너져내렸다. 그러나 남자를 보는 표정만큼은 담담했다. 그것이 자신을 지키는 마지막 방어선임을 간가영은 모르지 않았다.

간가영은 울지 않았다. 예상 못 한 이별 앞에서도 전혀 힘들어하거나 슬퍼하지 않았다. 그저 '잘 살아'라는 한마디로 모든 관계를 깨끗하게 청산해버렸다. 그 즉시 두 사람의 주변 사람들은 남자를 욕하고 저주를 퍼부었다. 그러다 시간이 지날수록 다들 수군거리기 시작했다. 헤어짐을 먼저 계획한 건 오히려 간가영이 아니었을까? 그렇지 않고서야 어떻게 저렇듯 태연할 수 있을까? 사흘 만에 쾌변을 본 사람처럼 시원한 얼굴을 하고 있잖은가. 하지만 아무도 알지 못했다. 그것이 간가영의 완벽한 연극이라는 사실을……. 인간은 절대 같은 인간의 속까지 들여다볼 수 없었다. 그래서 다행이라고 간가영은 생각했다.

'오히려 더 좋아 보이던데? 솔직히 네가 떠나줘서 다행이라 생각하는 것 같아.'

이런 소문은 분명 남자의 귀에까지 들어갔을 것이다. 아무도 간가영이 눈물로 밤을 지새운다는 사실을 알지 못했으니까. 함께 사는 가족조차도 말이다.

"장 서방은 여전히 바쁘지?"

엄마의 목소리가 멍한 정신을 깨웠다. 간가영이 손가락으로 바닥을 찍었다.

"응, 바빠."

남편은 바쁜 사람이었다. 어렵고 힘들고 못 배운, 그렇게 가진 것 없지만 진짜 법 없이도 살 사람들을 돕느라 늘 시간에 쫓겼다. 그런 남편이 자랑스럽지 않은 건 아니었다.

변오사 선생님 덕분에 우리 집 냥반 억울한 누명이 풀어젓내요. 을매나 감사한지 몰라요. 내 평생 이 은해 다 못 가플 것 갓습니다.

택배로 날아드는 각종 농산물을 볼 때면, 상자 속에서 삐뚤빼뚤한 글씨로 적힌 쪽지를 발견할 때면 조리원 온돌방에 누운 것처럼 가슴 가득 뜨거움이 차올랐다. 이런 사람이 내 반쪽이란 사실에 뿌듯했고 대견하기까지 했다.

사실 남편을 만난 건 오직 한 가지 이유에서였다. 소개팅 주선자의 변호사란 한마디에 바로 꽂혔으니까. 속물이라 해도 상관없었다. 조건만 본다며 손가락질해도 개의치 않았다.

차라리 그렇게 숙덕거려주길 바랐다. 어쨌든 전 남친보다 나은 사람을 만나자. 그것이 간가영의 목표라 해도 과언이 아니었다. 네가 나를 버린 게 아니라, 내가 더 좋은 사람을 만나기 위한 이별이었어. 너무 유치해서 가련하기까지 하지만, 원래 사랑이란 그런 것이다. 이성이나 논리가 개입되지 않는, 별것도 아닌 일에 자존심을 세우며 신경전을 벌이는, 다섯 살 꼬맹이들의 놀이터 그네 주도권 싸움과 비슷했다.

비록 첫 만남의 의도는 불순했지만, 지금까지 남편과의 결혼을 후회한 적은 없었다. 남들의 생각처럼 경제적인 후광이 번쩍거리진 않았고, 윤택한 생활보다는 손끝이 무뎌지도록 계산기를 두드려야 하는 삶의 연속이었지만, 덕분에 간가영은 진짜 자부심을 알게 되었다. 남편은 누구보다 일과 가족, 정의와 상식을 사랑하는 사람이었다. 비록 그렇다 해도 두 사람 사이에 다툼이 없었다면 거짓말일 것이다. 의견 충돌과 사소한 오해로 서운함이 쌓인 적도 많았다.

'명색이 내 직업이 억울한 사람 이야기 들어주는 변호사인데, 정작 당신 마음은 몰랐네. 그런데 의뢰인이 함구하면 아무리 능력 있는 변호사라도 재판에서 져. 혹시 내가 미리 눈치 못 챘다면 미안하지만 먼저 얘기해줘. 실수한 거 있으면 최소한 변론이라도 할 기회를 달라고.'

남편의 말은 정답이었다. 변호사가 아니라 법무부 장관이라 해도 상대가 입을 열지 않으면 그 속을 알 수 없었다. 그러나 간가영은 여전히 어려웠다. 누군가에게 속마음을 털어놓는다는 게 힘들고 두려웠다. 인간이란 상대의 불행을 즐기는 잔인한 습성이 있었다. 겉으로는 안타까워하지만 뒤돌아서는 은근한 미소를 내비쳤다. 그런 위선적인 모습은 가까운 사이일수록 오히려 더 교묘했다. 그 때문에 간가영은 이별했을 때조차 태연한 척했다. 애써 아무렇지 않은 듯 온 힘을 쏟아 연기했다. 사람들에게 비웃음을 사기 싫었다. 안쓰러움을 가장한 입방아들이 짜증이 나 견딜 수 없었다.

돌이켜보면 그 시절 간가영을 외롭게 했던 건 떠나간 애인이 아니었다. 아무에게도 털어놓을 수 없는 답답함, 혼자서 감당해야 하는 고독이 훨씬 견디기 어려웠다. 간가영을 힘들게 했던 사람은 바로 간가영 자신이었다.

"그나저나 몸도 성하지 않은 사람들 모아놓고 뭐 하는 짓이야? 수업 듣는 학생들도 아니고. 오늘은 이게 다 뭐니? 보험? 교육 자료?"

엄마가 바닥에 놓인 팸플릿을 뒤적였다.

"이런 거는 무조건 장 서방한테 물어보고 들어라."

"엄마, 변호사가 무슨 만능이야? 보험은 그 사람도 잘 몰라."

간가영이 흩어진 팸플릿을 한곳으로 모았다. 물론 의논할 것이다. 깨알같이 적힌, 세상의 온갖 어려운 말은 다 가져다 붙인 보험 약관에 대해선 남편이 더 잘 알 테니까. 그 순간 가입 제안서 한 장이 눈에 띄었다.

커피 두 잔보다 한 달 보험료가 저렴합니다. 커피값으로, 여러분의 소중한 자녀분을 슬픔과 두려움, 막막함과 억울함에서 지켜주시길 바랍니다.

간가영은 보험 가입 신청서를 따로 떼어내 책 사이에 끼워 넣었다.

*

남나희의 말이 끝나기도 전에 남편이 소리 내어 웃었다.
"개풀 뜯어 먹는 소리 한다. 살다 살다 별소리 다 듣겠네. 차라리 그럴 돈 있으면 잘 모았다가 나중에 우리 아들 여행이나 보내줘. 솔직히 여행도 필요 없어. 친구들이랑 거나하게 술 한잔하면 그만이지. 그도 아니면 이 아빠가 남자 대 남자로 위로해주면 되는 거야."

남나희 역시 대수롭지 않게 여겼다. 그냥 요즘에는 이런 보험도 있다는 걸 얘기했을 뿐이다. 그런데 남편의 반응이 묘하게 남나희를 자극했다. 아니, 불안하게 했다.

"여보, 되게 웃긴다. 당신한테는 이별이 고작 친구들이랑 술 한잔하면 끝나는 거야? 그것밖에 안 돼? 여보도 나랑 헤어지면 술 한잔에 깨끗이 잊겠네?"

"또 말도 안 되는 트집 잡는다. 우리가 왜 헤어져? 결혼해서 이렇게 예쁜 아들도 낳았는데. 아들, 너희 엄마 왜 저러냐? 응?"

더 따지고 싶었지만 남나희는 조용히 입을 닫았다. 아무리 신생아라 해도 아이 앞에서의 언쟁은 좋지 않았다. 그러나 싸한 느낌이 가시지 않았다. 흔히 말하는 여자의 촉이랄까. 그 찜찜함은 쉽게 떨쳐버릴 수가 없었다. 저렇게 단순한 아빠가 과연 아들의 이별과 상처에 얼마나 공감해줄 수 있을까? 그럼 엄마인 내가? 남나희는 이내 고개를 내저었다. 딸이면 모를까, 분명 쉽지 않을 것이다.

'아들이라면 아무래도 엄마에게 말할 수 없는 게 많겠지?'

남나희가 무릎걸음으로 방 한구석에 놓인 쓰레기통에 다가갔다. 그러고는 쓰레기통 뚜껑을 열었다. 안에는 아무렇게나 구겨 넣은 보험 가입 제안서가 들어 있었다.

*

    단다빈은 검은 양복 차림의 남녀를 떠올렸다. 그들이 보험 상품을 설명할 때 세미나실에 모여 있던 산모들은 자동인형처럼 일제히 몸을 일으켰다. 두 사람은 그런 상황에 익숙한 듯 조금도 당황하지 않았다. 하긴 그렇게 이상한 보험에 가입할 사람이 몇이나 되려고. 누구 아이디어인지는 모르지만 한 가지는 확실했다. BU 케어 보험은 사람들이 필수로 가입할 만한 상품은 절대 아니라는 사실이었다.

    단다빈은 그 세계를 누구보다 잘 알고 있었다. 보험 상품 판매가 얼마나 힘든지, 육체적으로나 정신적으로나 얼마나 고된지 바로 곁에서 지켜봤으니까. 단다빈의 엄마는 오랫동안 보험회사에 몸담아왔다. 한때는 영업왕까지 올랐지만, 그 영광을 위해 엄마는 온갖 수모를 겪었다. 많은 것을 잃었고 오랜 시간을 참아냈다. 지금도 보험에 관해서라면 엄마만큼 아는 사람이 드물었다. 하지만 그 세계가 아무리 맑은 물속 보듯 훤하다 해도, 그렇기에 오히려 이 이상야릇한 보험 상품에 대해 의논할 수 없었다. 엄마의 대답은 듣지 않아도 뻔할 테니까.

    단다빈은 문득 궁금했다. 두 사람은 하루에 얼마나 많은 고객을 만나고 다닐까? 그중 몇 명의 사람에게 가입 신청서를 받게 될까? 괜한 오지랖이라 생각하지만 혹여 또 모를 일이다. 누군가의 측은지심 덕분에 엄마가 지금까지 버틸 수 있었는지도. 단다빈이 테이블 위에 놓인 핸드폰을 집어들었다. 커피 두 잔이라 말하던 남자의 목소리가 귓가에 맴돌았다. 단다빈은 그가 들어 보인 두 개의 손가락이 기분 좋은 승리의 증표가 되기를 바랐다.

2
보장성 보험의 특징

누군가에게 시간을 통째로 도둑맞은 기분이었다. 하루하루 열심히 살아왔고 정신없이 달려왔는데, 뒤돌아보면 지금까지 걸어온 발자취가 지워져 있었다. 그 흔한 이름 석 자 하나 남지 않았다. 거대한 손에 이끌려 하루아침에 시공간 이동을 당한 것 같았다. 찰나의 순간이 지나가고 인생에 남은 것이라고는 얼굴의 주름과 삶의 허무뿐이었다.

"몰라. 이제 나이 드니 여기저기 안 아픈 데가 없어. 갱년기라서 그런가? 요즘 툭하면 별것도 아닌 일에 괜히 눈물이 나네."

"나도 그래. 왜 이렇게 눈물이 많아졌지? 남편이 뭐 한마디해도 왈칵, 아들이 뭐라 해도 왈칵. 눈물샘이 고장난 수도 또 잘되는 대로 걱정을 안고 사는 것이 엄마들이다.

"워낙 유명한 데서 일하니까 바쁜가보네. 내년 예약까지 다 찼다면서? 어쨌든 바노는 결혼할 사람 있잖아. 소꿉친구라고 했던가? 요즘 요리 잘하는 남자가 대세인데 바노야말로 일등 신랑감이네."

라라미가 이렇게 말하고는 간가영에게 고개를 돌렸다.

"마주는 사귀는 사람 없어?"

간가영이 입가에 모호한 미소를 그려넣었다. 사람 관계라는 것이 언제 어떻게 될지 알 수 없었다. 특히 연인 관계라면 더더욱. 누군가의 연애는 사람들의 입방아에 가장 많이 오르내리는 단골 주제이니, 굳이 나서서 괜한 말을 할 필요는 없었다.

"애들도 아니고 알아서 하겠지."

간가영이 단호한 어투로 말하고는 커피 잔을 기울였다. 곧바로 묵직한 한숨 소리가 따라붙었다.

"애들이 아니라서 문제지. 허우대 멀쩡하게 낳아놓으면 뭘 해. 수도승도 아니고 평생 여자 손 한번 못 잡아볼 녀석인데."

라라미가 테이블 위에 떨어진 케이크 부스러기를 손가락으로 꾹꾹 눌렀다. 그렇게라도 속상한 마음을 달래려는 듯 보였다. 사람의 매력을 외모로만 평가할 수 없지만, 라라미의 아들은 조리원 동기 2세들 중에서도 단연 눈에 띄는 외모였다. 어릴 때부터 예쁘장하더니 선이 고운 얼굴로 자랐다. 요즘 TV에 나오는 아이돌과 흡사하다고나 할까? 학교에 다닐 때는 여학생들에게 초콜릿이며 사탕이며 선물을 한 보따리 받아왔다던데, 정작 본격적으로 연애할 나이가 되자 어째 조용하기만 했다.

"아람이도 엄마한테만 말 안 하는 걸 거야. 그 외모랑 성격에 퍽이나 연애를 안 하겠다."

단다빈이 괜한 걱정이라며 콧잔등에 주름을 만들었다.

"내 연애 고민하던 때가 엊그제 같은데, 어느 틈에 자식 연애사까지 신경 쓰게 됐을까."

라라미가 허탈한 표정을 짓자 남나희가 쓴웃음으로 응수했다.

"우리가 신경 쓰면 제대로 된 조언은 해줄 수 있고?"

"누가 아니래. 그렇다고 학교 다닐 때처럼 학원을 보낼 수도 없고."

단다빈의 농담에 다들 '학원이라도 있으면' 하고 응수하며 웃음을 터트렸다. 돌연 간가영의 머릿속에 어렴풋한 기억 한 토막이 스쳐지나갔다.

했는데, 두 눈으로 직접 확인하니 보고도 믿을 수가 없었다.

"뭐야, 이게."

온몸의 피가 머리로 쏠리는 기분이었다. 영수가 커피 트럭을 향해 뛰기 시작했다.

"아…… 아저씨, 저…… 저거 뭐예요?"

너무 당황스러워 말조차 제대로 나오지 않았다. 바람이 불자 차에 붙여놓은 플래카드가 가볍게 펄럭였다. 바람의 장단에 맞춰 '좋아 좋아 커피'라는 상호가 하늘하늘 춤을 췄다.

"어떤 걸 드릴까요. 아메리카노? 라테? 카푸치노? 샌드위치도 맛있는데."

햇볕에 그을린 얼굴이 완벽한 자본주의 미소를 내비쳤다. 눈가와 입가에 주름이 가득하고 양 볼에 거뭇한 검버섯도 피어 있었다. 아저씨라 불렀지만 할아버지에 가까운 모습이었다. 낡은 벙거지 아래로 움푹 파인 두 눈이 보였다. 영수가 노려보자 사내가 히죽 웃었다. 거친 얼굴과 달리 치아는 고르고 하얬다. 틀니일까. 이 상황에서 사내의 치아가 틀니든 임플란트든 연예인들이 한다는 래미네이트든 아무래도 상관없었다. 어쨌든 처음 보는 얼굴만은 확실했다.

영수의 시선이 사내의 옆자리에 앉은 여자에게 닿았다. 표정 없는 얼굴로 샌드위치를 만드는 모습이 흡사 제과 공장의 기계 같았다. 긴 머리를 하나로 낮게 묶었고 커다란 뿔테 안경을 썼으며 귀에 작은 피어싱을 했다. 창백한 얼굴에 앙다문 입술이 다소 고집스럽고 어쩐지 기괴한 분위기마저 풍겼다. 여자는 이제 막 고등학교를 졸업한 앳된 얼굴로도, 마흔이 훌쩍 넘은 중년으로도 보였다. 확실한 것은 두 사람 다 초면이라는 사실이었다.

"손님, 뭘 드릴까요?"

사내가 재차 물었다. 그 소리에 영수가 퍼뜩 정신을 차렸다.

"저…… 저거 뭐냐고요?"

영수가 차 옆에 서 있는 대형 입간판을 가리켰다. 사내가 기웃이 목을 빼고는 영수의 손가락 끝을 따라갔다.

"저게 왜요?"

심드렁한 한마디에 영수의 미간에 굵은 주름이 잡혔다.

"아저씨."

"혹시 손님이 총무부 김 주임이신가?"

하마터면 그렇다고 순순히 대답할 뻔했다. 영수가 꿀꺽 마른침을 삼켰다. 굳이 낯선 사내에게 신상을 밝힐 필요까지는 없을 테니까.

"아니, 지금 그게 중요한 게 아니라……."

"진짜 총무부 김 주임도 아닌데 뭘 그러십니까?"

사내가 고르고 하얀 이를 드러내며 웃었다. 그 미소가 얼음 손이 되어 서늘하게 등허리를 쓸어내렸다. 뱀이 지나간 듯 온몸에 오스스 소름이 돋았다. 하지만 이럴수록 이성을 붙잡아야 했다. 영수가 흥분을 가라앉히며 목을 큼큼 가다듬었다.

"안 보이세요? 여기 회사 앞입니다. 주위에 크고 작은 회사들 천지예요. 누가 저딴 기분 나쁜…… 아니, 저런 거 세워두라고 했습니까? 김 주임이요? 이 앞을 지나가는 김 주임들이 얼마나 많은지 아세요?"

더불어 왜 하필 하고많은 부서 중에 총무부냔 말이다. 침착하려 했지만 자꾸만 목소리가 커졌다.

"회사 밀집 지역이라 김 주임들이 많겠죠. 그래도 멀쩡한 애인 놔두고 바람피우는 김 주임은 없을 것 아닙니까?"

사내가 심드렁히 내뱉고는 한쪽 입꼬리를 올려 웃었다.

"왜요, 손님이 애인 몰래 연차 쓰고 다른 이성이랑 놀러라도 갔습니까?"

"이봐요, 아저씨!"

영수는 자신도 모르게 버럭 소리를 내질렀다. 그 즉시 온몸에 열기가 치솟으며 뜨거운 기운이 얼굴을 지나 귓불까지 전해졌다. 그 원인이 상대의 깐족거림 때문인지, 그로 인한

화(火) 때문인지, 아니면 정곡을 찔려서인지는 알 수 없었다. 굳이 알고 싶지도 않았다.

"그런데 젊은 사람이 지금 얻다 대고 소리를 버럭버럭 질러? 안 그래도 요즘 장사가 안돼 죽을 맛인데. 가만, 이거 명백한 영업 방해지?"

부스럭거리면서 자리를 털고 일어난 사내가 훌쩍 트럭에서 뛰어내렸다. 그러고는 어디 한번 해보라는 듯 잔뜩 일그러진 얼굴로 입간판 옆에 섰다. 그 기세에 놀란 영수가 주춤 뒤로 물러섰다. 구부정히 앉아 있을 때는 몰랐는데, 키가 크고 어깨가 제법 다부졌다. 몸만 봐서는 절대 할아버지 소리가 나오지 않았다. 젊은 사람의 몸에 할아버지 얼굴을 합성한, 포토샵 초보의 엉성한 작품 같았다. 여자의 얼굴이 십 대에서 사십 대까지 어우른다면, 사내는 몸과 얼굴이 따로 놀아 대단히 이질적으로 보였다. 아무리 봐도 이상한 사람들이 틀림없었다.

"김 주임이 아니면 상관없잖아요. 댁이 애인 몰래 바람을 피웠습니까? 다른 사람 속이면서 뻔뻔하게 얼굴 들고 다녔어요?"

사내가 목에 핏대를 세우며 소리쳤다. 목소리가 얼마나 큰지 지나가는 사람들이 커피 트럭을 흘낏거릴 정도였다. 몇 사람은 여자에게 커피와 샌드위치를 사 갔는데, 그 와중에 영수와 사내 그리고 입간판을 연신 번갈아 보았다. 영수는 또다시 온몸의 피가 얼굴로 쏠리는 기분이었다. 미간에 핫팩을 덕지덕지 붙인 듯 열감이 느껴졌다.

"그래도 이 주변의 김 주임들이 오해를 받을 만한 말을 떡하니 써놓으셨잖습니까?"

시뻘겋게 달아오른 얼굴과 달리 목소리의 데시벨은 그새 반으로 줄어들었다.

"허, 젊은 사람이 오지랖도 참 넓네. 이봐요, 내가 뭐 '김 주임 바보 멍청이' 이렇게라도 써놨습니까?"

차라리 그 정도 문장이면 충분히 웃어넘길 수 있지 않을까. 영수가 손가락으로 입간판을 가리켰다.

"저 얘기는 누가 봐도 딱 한 사람 얘기잖아요."

그래서 눈이 뒤집히고 심장이 빠르게 뛰었다. '김 주임 바보 멍청이' 같은 동네 꼬마들의 유치한 낙서가 아니라서. 너무 정확하게 한 사람을 꼬집고 있어서 말이다.

"아니, 막말로 그쪽이 애인 속이고 다른 사람 조수석에 태워 놀러갔느냐고요? 네?"

조심스러운 영수와 달리 사내는 주변 소음을 모두 잡아먹을 정도로 목소리를 키웠다. 이제 회사 사람들은 핸드폰을 보는 척, 누군가를 기다리는 척, 담배를 피우는 척, 아니면 아예 대놓고 차 주변을 서성였다.

"생각해보세요. 이런 거 말이죠, 보는 사람에 따라 상당히 불쾌할 수도 있습니다. 특정인이 아니라면 이곳을 지나는 모든 김 주임이란 뜻입니까? 그럼 김 주임이라고 불리는 남자들은 모두 바람둥이거나 그럴 소지가 다분하다는 말이에요? 무슨 근거로 그런 말을 함부로 하고 다닙니까? 이거 대단히 성급한 일반화의 오류 아닙니까? 사실 일반화라고도 할 수 없죠. 특정 인물들을 싸잡아 욕하는 거 아니에요. 내가 오늘 이 커피 트럭에서 사 먹은 커피가 맛이 없으면 세상 모든 커피 트럭에서 파는 커피는 맛없다고 멋대로 광고해도 됩니까?"

역시 감정보다는 이성과 논리를 앞세워야 한다. 요즘이 어떤 세상인데, 사람을 마음대로 희화화하고 쉽게 깎아내린단 말인가. 절대 용납할 수 없다. 그런 생각이 들자 단전에서부터 불끈 용기가 치솟았다. 영수가 기세등등한 얼굴로 사내를 향해 한 걸음 다가섰다.

"아저씨, 혹시 누구한테 사주받았어요?"

설마 그 누군가가 자신이 생각하는 바로 그 사람은 아닐 것이다. 절대 그럴 리 없다. 아무리 생각해도 이런 짓을 꾸밀

만한 사람이 아니다.

"이것 참 젊은 사람이 이렇게 고루해서야……. 자, 눈이 있으면 다시 읽어봐요."

사내의 입가에 한 줄기 회심의 미소가 지나갔다. 마치 적의 공격을 완벽히 간파한, 노련한 장수와도 같은 표정이었다.

"김 주임이 남자만 있어요? 바람은 남자만 피워요? 요즘이 어떤 세상인데, 저렇게 꽉 막힌 꼰대 같은 생각을 할까?"

영수가 반쯤 넋이 빠진 채 입간판의 글씨를 다시 읽었다.

총무부 김 주임은 월요일에 연차 쓰고 놀러 가니 좋아?

물론 월요일에 연차를 쓴 후,

이제 막 뽑은 새 차 조수석에 다른 이성 태우니 좋아?

뽑은 지 얼마 되지 않은 새 차에 다른 이성을 태우고,

애인 몰래 바람피우니 좋아? 거짓말이 한두 번이 아니던데 안 걸려서 좋아?

애인 몰래 바람피우는 사람이 꼭 남자라는 법은 없었다.

그렇게 남 속이며 사는 인생이 좋아?

그런데도 한 달이나 남아 안심하고 먹은 음식의 유통기한이, 자세히 보니 연도가 올해가 아닌 작년일 때처럼, 영수는 자꾸만 속이 뒤틀렸다.

"이봐요, 젊은이."

생활형 근육이 바로 저런 것일까? 적어도 덩치만큼은 웬만한 젊은이 못지않았다. 그런 상대가 자신보고 자꾸만 젊은이라 하니 오히려 젊은 근육이 위축되었다. 갑자기 회사 앞에 나타난 커피 트럭과 말도 안 되는 입간판까지, 하나부터 열까지 야금야금 영수의 신경을 갉아먹기 시작했다. 그렇다고 '왜요, 얼굴만 늙은 아저씨?' 하고 맞받아칠 수 없는 노릇이지 않은가.

"왜요?"

"커피 트럭에 사주할 일이 뭐가 있겠어. 그리고 여기저기 돌아다니면서 커피 수백 잔 팔아봤지만, 저 간판 보고 이렇게 득달같이 찾아와서 화내는 사람은 그쪽이 처음이오. 내가 바람피운 적도 없고 남 속이지도 않았으면, 저게 왜 기분이 나쁩니까?"

"그거야……."

"왜? 뭐 찔리는 일이라도 있으신가?"

영수가 입술을 달싹이는 순간, 등 뒤에서 노골적인 수군거림이 들려왔다.

"저 사람이, 저 간판 주인공 아니야?"

까르르 따라붙는 웃음소리가 무너지려는 이성의 멱살을 간신히 잡아 일으켰다. 이 이상한 사내와 말을 할수록 더 이 영수가 눈앞의 환영을 털어내듯 부르르 고개를 내저었다.

사내의 주름진 시선이 흘낏 트럭으로 향했다. 여자는 손님들에게 조용히 커피를 건넸고, 주문이 뜸한 사이에는 기계처럼 샌드위치를 만들었다.

"내 딸이오."

사내가 한마디 툭 내뱉었다. 확실히 부부로는 보이지 않았다. 저 작은 커피 트럭에 종업원까지 따로 둘 리 없을 것이다. 동업자라고 하기엔 어딘가 어색했다. 그렇다고 딱히 부녀 관계로도 보이지 않았다.

"어쩐지."

영수가 고개를 끄덕였다.

"그렇게 보였어요?"

"다시 보니 닮은 것 같기도 하고……."

아주 잠깐 사내의 얼굴에 야릇한 미소가 지나갔다. 햇살에 하얗고 고른 이가 반짝였다. 그가 웃을 때마다 영수는 오싹한 기분마저 들었다.

"비싼 커피도 사 마시는데 이제 이야기 좀 해주시죠?"

영수가 입술을 비죽이며 말했다. 사내가 주머니에 손을 넣고는 입간판을 쳐다보았다.

"개구리가 돼버렸죠."

"개…… 개구리요?"

사내가 고개를 끄덕이고는 멀리 맞은편 건물을 쳐다보았다. 마치 그곳에 개구리라도 있는 것처럼……. 깊은 한숨과 함께 시작된 이야기는 단순했다. 딸이 한 남자를 만났고, 그에게 마음과 정성을 다했지만, 결국 배신을 당했다는 아침 드라마에 나올 법한 사연이었다. 문제는 그 후에 벌어졌다. 실연의 충격으로 하나밖에 없는 딸은 말을 잃어버렸고, 지금은 아버지를 도와 전국을 떠돌며 커피와 샌드위치를 팔고 있다는 것이었다.

"얼마나 대단한 사랑이라고 실연 때문에 말까지 잃어……."

영수가 황급히 입을 다물고는 입가에 어색한 미소를 그려 넣었다. 애써 아닌 척하지만 이미 세상에 튀어나온 말이었다. 다시 주워 담을 수 없었다. 그가 슬쩍 눈치를 살피자 사내가 그럴 줄 알았다는 듯 씁쓸하게 웃었다.

"그래서 개구리가 되었다고 안 했습니까. 왜 옛날 말에도 있잖아요. 아이들이 장난으로 던진 돌에 개구리는 맞아 죽는다고. 사랑도 그래요. 누군가는 가볍게 시작한 사랑 때문에 상대는 평생 지울 수 없는 상처를 입게 되기도 해요. 사랑하다가 개구리가 되는 경우가 종종 있죠."

딸이 누구와 어떻게 사랑을 시작했고 둘 사이에 무슨 일

*

"수고하셨습니다."

사내가 꾸뻑 고개를 숙였다.

"응. 수고했어."

딸이 안경을 벗으며 말했다.

"우리가 닮았다네요?"

사내가 얼굴을 잡아당기자 검고 주름진 인공 피부가 직 소리를 내며 뜯겼다.

"딸이라고 했잖아. 선입견이 생긴 거야."

딸이 가발을 벗고는 눌린 머리카락을 부스스 헝클어뜨렸다. 짧은 커트 머리가 조금씩 되살아났다.

"뭐 원래 사랑하는 사이는 닮는……."

"닥쳐. 샌드위치 기계에 얼굴 눌리기 싫으면. 그리고 아까 뭐라고 했지? 여기 시원한 커피, 샷 추가해서 내려드려라?"

"아, 진짜. 그럼 딸한테 높임말 쓰는 아버지도 있어요?"

"됐고. 30분 뒤에 만나기로 했으니까 서둘러."

사내가 툴툴거리며 차의 시동을 걸었다. 커피 트럭이 부르르 몸을 떨었다. 차가 출발하자 '좋아 좋아 커피' 플래카드가 바람에 가볍게 나풀거렸다.

딸깍 소리와 함께 커피 잔이 테이블 위로 돌아왔다. 마주가 눈을 들어 마주앉은 두 사람을 바라보았다. 남녀는 똑같은 디자인의 검은 양복과 넥타이를 착용하고 있었다. 나이는 이십 대 후반에서 삼십 대 초반으로 보였다. 여자는 자신을 '나 대리'라 소개했다. 옆에 앉은 남자를 '안 사원'이라고 불렀다. 그것이 전부였다. 마주는 두 사람의 이름도 정확한 나이도 몰랐다.

"보셨습니까?"

나 대리가 물었다. 짧은 머리에 눈이 길고 콧날이 날카로웠다. 입술은 적당히 도톰했으며 얼굴형은 둥글둥글했다. 목소리는 낮지만 힘이 있었다. 발음은 또렷하고 정확했다. 귀에 작은 귀걸이를 했다. 그 외에 별다른 액세서리는 착용하지 않았다.

"네."

마주가 고개를 끄덕였다.

"당분간 사람들 입방아에 오르내릴 겁니다."

나 대리가 말했다.

"여차하면 회사도 그만둬야 할 거예요. 어느 곳이든 소문이 한번 퍼지기 시작하면……."

나 대리가 눈치를 주자 안 사원이 곧바로 입을 다물었다.

큰 키에 다부진 어깨, 서글서글한 눈매와 미소를 지닌 그는, 차가운 인상의 나 대리와는 정반대의 분위기를 지녔다. 정확히 일의 진행 상황만 전달하는 나 대리와는 달리 안 사원은 개인적인 감정을 여과 없이 드러냈다. 덕분에 종종 사수의 눈총을 받지만, 그때마다 배시시 웃는 것으로 곤란한 상황을 넘겼다. 그 천진한 미소가 안 사원의 진짜 무기라고 마주는 생각했다.

"괜찮으십니까?"

나 대리가 다시 물었다. 마주의 시선이 커피 잔 속으로 떨어졌다. 괜찮을 줄 알았다. 속이 뻥 뚫릴 것만 같았다. 그런데 상상이 현실이 되고 보니 기분이 이상했다. 내가 원한 결말이 정말 이런 것일까? 그 대답은 마주도 알 수 없었다.

"괜찮은 게 뭘까요?"

힘없는 목소리가 커피 향에 실려 공기 중으로 흩어졌다.

그날도 햇살이 좋은 가을 오후였다. 이제는 얼굴마저 가물거리는 친구에게서 연락이 왔다.

"잘 지내지?"

간단한 안부 끝에 나온 결론은 결혼이었다. 혹시나 했는데 역시나였다. 그나마 보험이나 다단계, 이상한 종교 강요가 아닌 게 어디냐 싶었다.

"얄밉지만 어쩔 수 없잖아."

"친구인 게 죄지."

"그래도 가야지 뭐."

친구들이 입을 모아 한목소리로 말했다. 그중 한 명은 내년에 결혼 계획이 있었고, 또 다른 친구는 임신했으며, 다른 한 명은 올해 둘째를 가질 계획이라 했다. 서로 좋은 게 좋은 거라는 암묵적 법칙이 통하는 관계들이었다. 하지만 마주는 아니었다. 지금까지 결혼식이며 돌잔치까지 부지런히 다녔지만 단 한 번도 '모십니다', '축하해주세요', '예쁜 천사가 태어난'으로 시작되는 초대장을 준 적이 없었다. 비록 그렇다 한들 이번에도 역시 모른 척할 수는 없었다.

그렇게 찾아간 토요일 오후의 식장은 하객들로 북적였다. 신부 대기실에 있던 친구는 마주를 보며 어색한 미소를 내비쳤다. 식을 앞두고 적잖이 긴장했겠지만, 마주는 알 수 있었다. 얘는 내가 누군지 얼굴도 잊어버렸구나. 사실 그건 마주도 마찬가지였다. 상대가 처음 보는 타인처럼 낯설게 느껴졌다. 분명 평소와는 다른 신부 화장과 드레스 때문만은 아니었다.

"축하해. 예쁘다."

그것이 신부에게 건넨 인사의 전부였다. 누구라도 할 수 있는 축하 그 이상도 이하도 아니었다. 마주는 함께 온 친구들과 나란히 식장에 앉았다.

"우아, 공주님이다! 그치, 아빠."

한 꼬마가 식장에 들어서는 신부를 보며 말했다.

"너희 엄마는 저 공주님보다 백배 더 예뻤어."

아빠가 작게 속삭였다.

"진짜? 우리 엄마도 공주님이었어?"

꼬마가 놀란 표정으로 두 눈을 동그랗게 떴다.

"별소리를 다 한다."

괜스레 비죽거리면서 엄마의 얼굴에는 기분 좋은 미소가 번졌다.

"집에 가서 보여줄게. 너희 엄마가 공주님 된 날."

아빠가 아이를 향해 한쪽 눈을 찡긋했다.

"우리 엄마도 옛날에는 공주님이었구나. 그럼 지금은 뭐야?"

"여왕님. 그런데 백성들에게 공포정치를 하지."

"공포정치? 그건 뭔데?"

아이가 고개를 돌려 엄마에게 물었다.

"집에 가서 보여줄게. 너희 아빠가 숙청되는 모습."

주위의 사람들이 작은 소리로 웃었다. 마주도 웃음을 참으려 입술을 깨물었다. 귀엽고 사랑스러운 가족이었다. 결혼식보다 훨씬 더 따뜻하고 행복해 보였다.

"귀엽네요."

가까이에서 나직한 목소리가 들려왔다. 마주가 고개를 돌린 곳에 낯선 남자가 있었다. 친구의 지인일까, 아니면 친척? 어쩌면 신랑 쪽 하객인지도 몰랐다. 뒷자리는 신랑, 신부 가리지 않고 우르르 들어온 순서대로 앉았으니까.

"네."

마주가 짧게 대답했다.

"결혼식은 별 감흥이 없는데, 저 가족 보니 결혼하고 싶어지네요."

"맞아요."

무심결에 대답하고는 마주가 놀라 두 눈을 끔뻑였다. 쓸데없는 맞장구였을까. 혼자 실없는 사람이 된 것 같았다. 고개를 돌리자 신랑 친구들이 축가를 부르기 위한 준비로 분주했다. 신랑 지인은 아닌 걸까? 마주는 흘낏 옆자리를 곁눈질했다.

가족과 연인, 친구들과 지인들 사이에서 밥을 먹기가 어쩐지 어색했다. 딱히 배가 고픈 것도 아니었다. 얼굴은 보였으니 그것으로 됐다 싶었다. 마주는 연회장이 아닌 출입구로 방향을 돌렸다. 친구들에게 먼저 간다는 얘기라도 할 걸 그랬나 싶었지만, 이내 고개를 내저었다. 예식장을 빠져나올 때까지 누구도 마주를 찾지 않았다. 예식이나 돌잔치 때마다 가끔 있는 일이었다.

"왜 식사 안 하고 가세요?"

낯선 목소리가 바투 다가와 물었다. 식장에서 말을 건 그 남자였다.

"신부 쪽? 아니면 신랑?"

"신부요."

마주가 대답하고는 '그쪽은요?' 하고 눈으로 물었다.

"위대하신 부장님의 아드님이 결혼하신다잖아요. 제가 부서 대표로 왔습니다. 말단에다가 집이 가깝다는 이유로요. 지하철로 여덟 정거장에 환승까지 해야 하는데 말이죠. 뭐 윗사람들이 가깝다면 가까운 거 아니겠습니까. 저는 오늘 특근으로 식장에 왔습니다."

남자가 이렇게 말하고는 지갑에서 명함을 꺼냈다.

"저는 이런 곳에 묶여 있는 노비입니다."

재미있는 사람이었다. 마주가 가벼운 웃음을 터트렸다. 그쪽은요? 이번에 눈으로 물은 건 남자였다. 마주가 서둘러 가방을 열고는 지갑을 꺼내 들었다. 남자에게 명함을 건넸을 땐 뒤늦게 아차 싶었다. 누군가 명함을 주면 이쪽에서도 명함을 건네는 건, 직장인들의 조건반사와도 같은 행동이었다.

"이렇게 좋은 날, 수당 없는 특근까지 했는데 그냥 들어가긴 좀 아쉽네요."

구름 한 점 없이 맑고 깨끗한 가을날이었다. 노랗게 물든 은행잎과 파란 하늘이 눈부셨다. 그러나 오래가지 않을 것이다. 머지않아 겨울이 오면 모든 것이 차갑게 얼어붙겠지. 나무는 앙상한 가지로 남아 모진 추위를 견딜 것이다. 아름다운 계절은 늘 짧게 머물다 사라진다.

"그러네요. 날씨 참 좋네요."

적어도 오늘 같은 날만큼은 부드러운 바람과 따뜻한 햇볕, 색색으로 물든 자연을 마음껏 즐겨도 될 것 같았다. 이 아름다운 계절은 비단 영원한 사랑을 약속한 남녀에게만 어울리는 건 아닐 테니까.

눈부신 가을날로부터 어느덧 2년의 시간이 흘렀다. 매해 자연은 변함없는 모습으로 돌아오지만, 인간은 아니었다. 그는 재미있고 다정했으며 함께하면 즐거웠다. 힘들 때 곁에 있어주었고 소소한 이벤트로 감동과 눈물을 선사했다. 따뜻하고 좋은 사람이었다. 그래, 문제는 그가 사람이라는 것이었다. 나무나 하늘, 들꽃과 철새처럼 늘 같은 모습으로 있을 수 없는 사람이라서 마주는 힘들었다. 그건 어쩌면 그도 마찬가지일 거란 생각이 들었다.

처음에는 그저 일이 바쁜 줄 알았다. 그는 지방 출장이 잦아졌다고 말했다. 주말에도 이런저런 핑계로 만나기를 거부했다. 어쩌면 자연스러운 일이라고 마주는 생각했다. 오래된 음식에 곰팡이가 생기듯, 때로는 오래된 관계에도 곰팡이 같은 퍼런 감정이 피어나곤 하니까.

"마주야, 미안해. 내가 요즘 너무 바빠서 신경 못 썼지? 우리 주말에 어디 갈까? 너 지난번에 가보고 싶다는 그 수목원 가자."

그는 가끔 마주의 가슴에 핀 곰팡이들을 도려내려 했다. 마치 그 부분만 떼어내고, 그 시기만 잘 넘기면 모든 것이 처음으로 되돌아갈 수 있다 믿는 것처럼. 눈에 보이는 곰팡이가 피었다는 건, 이미 그 관계는 보이지 않는 권태와 무의미의 균으로 잠식되었다는 뜻이었다. 하지만 모른 척하기는 마주도 마찬가지였다.

"이번 달에 새 차 나온다고 했지?"

"어? 원래 이번 달에 출고된다고 했었는데, 워낙 대기자가 많아서 다음달 초로 미뤄질 것 같아. 진짜 새 차 나오면 제일 먼저 우리 마주 태우고 드라이브 가려고 했는데."

"그럼 이번 주말에 가자. 내 차로 가면 되지. 서해 어때? 멀지도 않고 괜찮을 것 같은데."

"주…… 주말? 미안. 이번 주말에는 내가 일이 좀……."

마주는 언제나처럼 괜찮다고 했다. 차가 출고된 후에 가면 된다고도 덧붙였다. 그가 고맙다며 살뜰히 안아주었는데 이상할 정도로 온기가 느껴지지 않았다. 그건 단순한 아쉬움을 넘어서는 어떤 느낌이었다. 그 시린 예감이 정확히 무엇인지는 조금 더 시간이 흐른 후에 알게 되었다.

홍보 팀에서 일하는 마주는 각종 SNS 채널에 의무적으로 가입할 수밖에 없었다. 회사 제품 홍보나 경쟁사 모니터링을 하기 위해서였다. 그러나 가입만 했을 뿐 단 한 번도 개인적인 게시물을 올린 적은 없었다. 일상을 공개할 필요도, 다른 이의 삶을 엿보고 싶단 생각도 딱히 없었다. 가끔 그의 SNS를 들여다보기는 했다. 그가 읽은 책과 출근길에 찍은 하늘과 원하는 자동차와 맛있게 먹은 점심 메뉴를 엿보는 재미가 쏠쏠했다. 이런 소소한 풍경이 그가 보여준 일상의 대부분이었다. 특별한 장소나 사람들의 이목을 집중시킬 만한 게시물은 없었다. 업로드 기간도 일정하지 않았다. 한 달에 한두 번이 고작이었다. 마주와 함께했던 순간순간은 없었다. 그녀가 원하지 않았지만, 그 역시 SNS에 두 사람의 관계를 암시할 만한 어떤 것도 올리지 않았다.

오랫동안 기다린 멋진 녀석. 그리고 좋은 사람과 함께.

이것이 사람들이 흔히 말하는 안 좋은 예감이라는 것일까? 자신도 어쩔 수 없는 엄마 딸이라 본능적인 촉이 발동한 것일까? 그날따라 마주는 문득 그의 SNS에 들어가보고 싶었다. 그리고 결국 보게 되었다. 그곳에 쓰인 메시지와 유리벽너머로 보이는 차를.

그가 다음달에나 출고된다고 했던 새 차는 세상에 나와 있었다. 술병과 음식, 네일아트를 한 손가락, 그 옆에 인기 캐릭터가 그려진 노란색 핸드폰 케이스가 있었다. 와인 잔은 두 개였다. 사람은 단둘뿐이란 소리였다. 오랫동안 기다린 멋진 녀석은 막 출고된 새 차를 의미했다. 테이블 위에 놓인 반짝이는 차 키가 바로 그 증거였다. 와인 잔 두 개 중 하나는 그의 것이요, 나머지 한 명은…… 분명 그가 말한 좋은 사람일 터였다.

몇 시간 뒤 사진은 흔적 없이 사라져버렸다. 하지만 모든 것이 이미 마주의 핸드폰에 저장된 후였다. 아마 술에 취해 자신도 모르게 올렸겠지. 원하는 새 차를 갖게 되었으니 누구에게라도 자랑하고 싶었겠지. 뒤늦게 정신을 차렸을 땐 자신이 무슨 짓을 했는지 알고 놀랐을 것이다. 하지만 이내 안심했을지도 모른다. 마주는 타인의 SNS에 별다른 관심이 없으니까. 그에게 마주는 어느새 타인이 되어 있었다. 그날 일을 추궁하자 그는 따분하리만큼 전형적인 반응을 보였다. 처음에는 절대 아니라며 부정했다. 마주가 저장한 사진을 보여주자 별거 아니라며 억지를 부렸다. 그러다 결국 자신의 솔직한 마음을 인정했다. 이미 오래전에 변질된 사이였다. 눈에 보이는 것들만 살짝 거둬내면 된다고 생각했다. 괜찮겠지, 괜찮을 거야. 애써 모른 척 삼킨 시간은 더 큰 아픔과 부작용이 되어 돌아왔다.

"그냥 나를 보험으로 생각했나봐요. 외롭거나 힘들 때 언제든지 연락할 수 있는……."

보험업 종사자들을 앞에 두고 이런 말을 하다니. 마주가 피식 웃고는 마주앉은 두 사람을 바라보았다.

엄마는 놀랍도록 촉이 좋은 사람이었다. 딸의 미묘한 변화를 귀신처럼 읽어냈다. 마주가 중학교 때 전학을 가게 된 것도 다름 아닌 엄마의 촉 때문이었다. 이번에도 엄마는 마주의 이별을 정확히 간파했다. 그와 처음 연락을 주고받을 때도 엄마의 입에서는 '너 누구 사귀니?'라는 말이 나왔으니까. 때로는 마주보다 더 자세히 마주를 알고 있었다.

"벌써 3주가 넘었다. 열 살 꼬마도 아니고 더욱이 애인도 있는 다 큰 처자가 주말마다 엄마, 아빠한테 놀아달라고 하는 거 그게 정상이니? 너 뭐야? 무슨 일 있지? 빨리 말해."

이런 상황에서 괜한 변명은 오히려 피곤만 가중할 뿐이었다. 마주는 최대한 짧고 간결하게 그와의 끝맺음을 보고했다. 페이지를 넘기면서 하는 프레젠테이션보다도 건조한 설명이었다.

"그러니까 너 몰래 바람을 피웠고 그래서 헤어졌다?"

"내가 결혼이라도 했어? 그냥 나한테서 마음 떠날 수 있잖아. 다 끝났어. 뭐 요즘 말하는 환승 연애일 수도 있고."

막상 내뱉고 보니 헛웃음이 터져나왔다. 이 사람에게서 저 사람으로 옮겨가는 것. 그래, 사랑이야말로 지하철 노선을 바꾸듯 얼마든지 쉽게 갈아탈 수 있는 것이구나. 그 생각이 마주의 가슴에 작은 구멍을 뚫어놓았다.

"너 엄마 무시하니? 내가 젊은 애들이 말하는 환승 연애가 무슨 뜻인지 모를 것 같아?"

웬만해서는 얼굴에 감정을 드러내지 않는 엄마였다. 그런 엄마가 언성을 높인다는 건 적잖이 화가 났다는 의미였다.

딸의 실연이 엄마에게 얼마만큼 충격을 줄지 정작 이별의 당사자는 알 수 없었다. 마주는 자신처럼 어수룩한 딸의 엄마가 되어본 적이 없었다.

"아니, 요즘은…….."

"환승 연애 알아. 사람을 갈아타는 거잖아. 뭐 예전에는 없었겠니? 만나고 헤어지고 다른 인연 만나는 게 다 사람 갈아타는 거지. 그런데 아무리 가까운 노선으로 갈아타려 해도 우선 지금 타고 있는 곳에서 내려야 할 것 아니야. 그 사람, 그 자식, 아니 그 새끼는 안 내렸잖아. 그러니까 사고가 나는 거지."

이것이 사고일까? 그가 관계를 확실히 정리하지 않은 건 사실이었다. 그럼 이쪽에서 먼저 문을 열어줬어야 했다. 지하철 방송처럼 여기가 환승역이라고 친절하게 안내를 해줬어야 했나. 이런저런 생각이 뾰족하게 마주의 관자놀이를 찔렀다.

한동안 말없이 생각에 잠겨 있던 엄마가 솟구치듯 자리를 털어냈다.

"내가 이러려고 모임에 다녀왔나보다."

엄마는 집안의 서랍들을 열어보며 중얼거렸다. 무얼 찾느냐는 딸의 질문조차 뒤로한 채 장롱과 옷장, 서랍장과 화장대를 뒤지기 시작했다. 그 모습이 필사적으로 보여 마주는 한마디도 덧붙일 수 없었다. 한참 뒤 자리로 돌아온 엄마의 손에는 서류 봉투가 들려 있었는데, 그것을 내려놓는 엄마의 얼굴은 사뭇 비장해 보이기까지 했다.

"아직 안 끝났어."

마주가 멍한 눈빛으로 서류를 내려다보았다. 거기에는 'BU 케어 보험'이라 적혀 있었다.

"웬 보험증서야?"

마주가 묻자 엄마는 짧은 한숨을 토해냈다.

"살면서 이별 한번 안 해본 사람이 어디 있겠니? 마음은 지옥인데 힘들다는 말도 못 하고. 그럴 때는 차라리 가까운 지인보다 모르는 남에게 털어놓는 게 훨씬 속 편할 때가 있어. 너 태어나고 얼마 후에 가입했어. 처음에는 세상에 뭐 이런 보험이 있을까 싶었는데 사람이 어디 몸 따로, 마음 따로라니? 몸 아프면 치료받듯, 마음 아파도 도움 청할 때가 있어야 하지 않겠어?"

엄마가 속사포처럼 쏘아대고는 찬찬히 보험 계약서를 살폈다.

"여기 있다. 상대의 바람에 의한 이별."

"뭐야, 그게?"

"자세한 건 여기 담당 BUC에게 물어보자."

"BUC는 또 뭔데?"

"브레이크 업 컨설턴트(Break Up Consultant). 이별 전문 상담가."

세상에는 다양한 보험이 있다. 질병과 화재, 운전자와 치아 보험은 물론이요, 죽음을 준비하는 상조 보험까지 상품으로 나왔다. 하지만 이별을 위한 보험이 있다는 말은 단 한 번도 들어본 적 없었다. 과연 몇 명이나 이 보험을 알고 있을까? 그중 몇 퍼센트나 가입했을까? 도무지 상상조차 할 수 없는데, 세상에는 버젓이 이별을 위한 보험 상품이 존재했고, 다른 누구도 아닌 엄마가 무려 20년도 전에 그 상품에 가입했다. 그리고 마주의 눈앞에 나타난 두 사람은 자신들을 이별 전문 상담가, 즉 BUC라 소개했다.

"여기 보험 계약서를 보시면 3페이지에 보장 내용이 나옵니다. 이별이 상대의 바람에 의한 경우라면, 보장 내용에 적힌 대로 바람피운 상대에게 법이 허용하는 범위 내에서 복수를 해줄 수 있습니다. 물론 두 분이 사귀었고 상대가 바람을 피웠다는 사실을 명백히 입증할 증거가 필요합니다. 함께 찍은 사진과 주고받은 메시지를 제출해주시면 됩니다. 그 밖에 상대에게 제공한 선물을 돌려받는 것도 가능하니다. 그 사안은 BU 케어 보험 법무 팀이 처리해줄 겁니다. 다만 고객님이 주신 선물이라는 것을 증명할 자료가 필요합니다. 사진이나 영수증, 아니면 상대로부터 받은 고맙다는 메시지 정도면 됩니다. 단 선물을 돌려받으려면 고객님 역시 상대에게 받은 선물을 돌려주어야 할 의무가 동반됨을 미리 말씀드립니다."

마주는 여자가 무슨 이야기를 하는지 전혀 이해할 수 없었다. 이별에 대한 보장이라니? 법이 허용하는 범위 내에서의 복수라니? 지극히 사적인 이별에 보장과 복수까지 해주는 보험 상품이 실제로 존재한다고?

"됐어요. 구질구질하게 선물 같은 거 돌려받고 싶지 않아요."

엄마가 말을 멈추고 마주를 향해 입을 뻥긋거렸다.

'혹시 명품 줬니? 시계나 지갑?'

마주가 고개를 내저었다. 아니라는 의미가 아니었다. 제발 그만하라는 뜻이었다.

"우리는 그 인간이 망신당하는 꼴만 보면 됩니다."

엄마는 딸의 도리질을 첫번째 의미로 해석한 게 틀림없었다. 그 즉시 여자가 테이블 위에 태블릿 피시를 펼치고는 무언가를 입력해나갔다. 이 상황을 이해하지 못하는 사람은 오직 마주뿐이었다. 엄마는 순간순간을 냉철하게 바라보고 있었다. 단순히 바라보는 것에 그치지 않고 주도적으로 이끌어갔다.

"마지막으로 확인하겠습니다. 두 분이 이별하기 전에 상대가 바람을 피운 것이 맞습니까? 아시다시피 이미 이별을 한 후에 새로운 연인이 생겼다면 보장에서 제외되는 내용이라……."

그때 테이블 위에 놓인 핸드폰이 울렸다. 엄마가 죄송하다는 눈짓을 하고는 전화를 받았다.

"나 지금 좀 바빠. 아니, 네 딸 외국 가는 걸 왜 자꾸 나한테 물어봐. 마희가 알아서 하겠지. 걔가 한두 살 먹은 어린애니? 네 말대로 자기가 벌어서 호주든 캐나다든 간다고 했다며? 몰라. 나 지금 마주 보험 때문에 정신없어. 어디 아픈 게 아니라…… 아무튼 나중에 얘기할게."

엄마가 전화를 끊고는 가방에 핸드폰을 집어넣었다. 통화 내용만으로도 마주는 상대가 누군지 짐작할 수 있었다. 다른 딸의 이별은 생면부지 타인에게까지 시시콜콜 설명하는 엄마가 정작 다른 사람에게는 자식의 인생에 훈수 좀 그만두라고 한다. 참으로 아이러니한 상황이 아닐 수 없었다.

"이모야?"

마주가 물었다. 엄마가 고개를 끄덕이고는 마주앉은 두 사람에게 시선을 두었다.

"이봐요, 내가 이런 말까지 안 하려 했는데…… 애 아빠가 변호사입니다. 우리가 아무 증거 없이 무턱대고 보험사에 연락했겠어요?"

엄마가 눈썹을 꿈틀거리고는 종이 뭉치를 넘겼다.

"메시지와 사진들입니다. 날짜를 보시면 상대가 우리 애에게 하나부터 열까지 다 거짓말을 했다는 게 명확히 파악되실 거예요."

순전히 호기심이었다. 정말 이별을 케어해주는 보험이 있을까 싶었다. 엄마가 보내달라는 메시지와 사진들을 전송하면서도 마주는 별로 기대하지 않았다. 그런 것이 마치 병원 진단서처럼 보장에 꼭 필요한 증거가 되리라고는 상상하지 못했으니까.

"네. 이 자료를 분석 팀에 넘긴 후에 특별히 문제될 것이 없다면 곧바로 케어 시스템을 제공해드리겠습니다."

"특별히 문제될 거라니요?"

엄마가 물었다. 대답은 남자에게서 들을 수 있었다.

"간혹 증거를 위조한다거나 각종 혜택을 받기 위해 위장 이별을 하는 분들이 있습니다. 저희가 자체 조사를 한 뒤 확실한 이별이 맞으면 바로 연락드리겠습니다. 계약서에 명시된 바와 같이 BU 케어 서비스를 받으시려면 완전한 이별이 전제되어야 합니다. 케어 시스템이 개시되는 즉시, 상대와는 어떤 연락도 할 수 없음을 미리 안내해드립니다. 만약 시스템이 제공된 후에 상대와 재결합을 하실 경우, 서비스에 들어간 비용 청구는 물론이고 그 즉시 보험은 자동으로 해지됨을 알려드립니다."

낯선 언어를 듣는 듯 반쯤 멍한 마주를 대신해 엄마가 대답했다.

"됐어요. 한 번 배신한 인간이 두 번은 못 할까? 두 번 다시 엮이기 싫은 건 우리 쪽이에요. 그나저나 위장 이별은 또 뭐예요? 하여간 어떤 보험이든 교묘하게 편법으로 이용하려드는 몰상식한 인간들은 꼭 있다니까. 환승 이별에다 이번에는 위장 이별이야? 요즘은 이별에도 종류가 참 많네."

그 뒤로는 모든 것이 엄마 그리고 BUC라 불리는 두 사람의 주도로 진행되었다. 바람피운 상대에게 망신을 주기 위한 방법이 몇 가지 있었는데, 그중 엄마가 선택한 것이 바로 커피 트럭이었다. 그와는 결혼한 사이도 아니었다. 물론 새로운 사랑을 시작하는 타이밍이 안 좋기는 했다. 먼저 거짓을 말했고 그로 인해 상처를 입었지만, 마주는 꼭 이렇게까지 해야 하는지 의문이었다.

"누가 네 아빠 딸 아니랄까봐 거기서 결혼이 왜 나와? 법적으로 맺어진 관계만 관계니? 가족 관계 증명서에 나란히 이름이 올라가지 않으면, 상대에게 어떤 짓을 해도 괜찮다는 거야? 지금 그 인간이 너한테 헤어지자고 해서 내가 이러는 거니? 그 자식이 다른 사람에게 갔다고, 연애 노선 갈아탔다고 이러는 거야? 깜찍하게 너를 속였잖아. 기만했잖아. 네가 싫어졌으면 깔끔하게 끝내고 돌아서면 되는데, 구질구질하게 한쪽 다리 걸치고 있었잖아. 결국 대형 사고 난 거고. 이렇게라도 정신 차리게 해주려는 거야. 너 말고 다른 사람들을 위해서라도 그 자식이 어떤 인간인지 만천하에 똑똑히 알려줘야 하지 않겠니?"

"그걸 왜 생면부지 남에게 부탁하는데? 엄마 딸 헤어졌다고 동네방네 소문낼 참이야?"

"남이 아니라 BUC, 이별 전문 상담가야. 그리고 누가 동네방네 소문을 낸다는 거야? 여기 보험 약관에 대문짝만하게 적혀 있잖아. 어떤 상황에서도 고객의 정보는 외부에 노출시키지 않는다고. 만약 사생활 노출로 인한 문제가 생기면 법적으로 책임을 진다는 말도 쓰여 있네. 너는 아직도 세상을 모르니? 남 말 하기 좋아하고 퍼트리는 종자들, 죄다

가깝고 친한 사람들이야. 알아?"

딸을 속인 남자. 물론 엄마는 그 생각만으로도 속에서 천불이 날 것이다. 하지만 마주는 어쩐지 이상한 기분이 들었다. 잔뜩 흥분한 엄마에게, 보험사 직원들과 심각하게 의논하는 엄마에게, 어떻게든 만천하에 그의 바람기를 밝히겠다는 엄마에게 한 가지만은 꼭 묻고 싶었다. 혹여 엄마도 그런 경험이 있느냐고, 누군가 엄마를 속이고 기만한 적이 있느냐고…….

"너희 아빠는 홧김에 만났지. 그런데 덕분에 이렇게 잘 살잖아."

술이 약한 엄마가 언젠가 맥주 한 잔에 붉어진 눈으로 말했다. 마주는 엄마가 말한 그 화의 원인이 궁금했다. 하지만 만취해 잠든 엄마에게 더는 물을 수 없었다. 숙취가 모두 가신 엄마에겐 물을 수 있을까? 그럴 수 없을 것 같았다. 마주는 자신의 이별이 엄마의 그 화와도 어떤 연관성이 있지 않을까 싶은, 대단히 합리적인 의심이 들었다.

*

"이곳에서 다 보셨지 않습니까?"

여자의 목소리가 멍한 정신을 깨웠다. 흠칫 놀란 마주가 어색한 미소를 내비쳤다. 모든 과정이 계획대로 끝났다. 엄마의 주도면밀한 지휘 아래 대범한 복수가 마무리되었다. 그는 제일 먼저 마주를 의심했을 것이다. 번호마저 차단했기에 통화조차 되지 않았겠지. 분하고 억울했겠지만, 그가 하소연할 만한 구체적인 대상은 없었다. 세상에 김 주임은 절대 한 명일 수 없고, 딱 꼬집어 그의 이름을 밝힌 것도 아니니까. 생각해보면 이별 자체가 그랬다. 분하고 억울하고 슬퍼 금방이라도 죽고 싶지만, 딱히 하소연하기도 어떤 보상을 받을 수도 없다. 연인들의 이별은 이 어설픈 복수와 꽤 닮아 있었다.

나 대리는 마주에게 괜찮으냐고 물었다. 이곳에서 다 봤으니 기분이 통쾌하냐는 질문이었다. 물론 고소한 마음은 들었다. 그는 당분간 사람들의 입방아에 시달릴 것이며, 안 사원의 말처럼 회사를 옮겨야 하는 최악의 상황까지 내몰릴 수도 있었다. 그가 말한 '좋은 사람'과 어떤 관계로 발전할지는…… 더는 마주가 신경 쓸 일이 아니었다. 그 노선으로 완전히 갈아탔는지, 아니면 미처 탑승하기도 전에 문이 닫혔는지 알 수도 알고 싶지도 않았다. 다만 명확한 건 이 복수가 기대했던 것만큼 통쾌하거나 속이 뻥 뚫리진 않는다는 사실이었다.

 "그 사람, 처음 저에게 말을 걸 때 분위기가 좀 그랬을 거예요."

 어쩔 수 없이 참석한 결혼식. 진심으로 축하해줄 상대도, 아는 사람도 없었을 것이다. 따분하고 지루하고 조금은 억울한 토요일, 귀여운 가족의 모습에 잔뜩 굳었던 마음이 다소 누그러졌겠지. 마침 날씨는 왜 그리 좋았던지……. 자신만큼이나 심드렁히 식을 보던 누군가가 눈에 들어왔을 것이다. 마주는 가끔 생각했다. 그날 그 장소에 내가 아닌 다른 사람이 있었어도 그는 화창한 날씨를 핑계 삼아 말을 걸지 않았을까? 상대에게 연락처를 물으려고 먼저 명함을 건네지 않았을까?

 "그건 고객님도 마찬가지 아니었을까요?"

 마주가 고개를 들어 여자의 길고 까만 눈동자와 마주했다.

 "사실 운명이니 인연이니 해도 결국 대부분의 만남이 단순한 우연에 불과합니다. 고객님의 말처럼 상대는 어쩌면 그날 분위기에 이끌려 낯선 여자에게 말을 건넸을 겁니다."

 여자가 어깨를 가볍게 들썩이고는 말을 이었다.

 "물론 그런 것에 무척 능숙한 사람이 있긴 하죠. 하지만 그날 분위기에 이끌린 건 고객님도 마찬가지 아니었나요? 만약 다른 사람이 명함을 주었다 해도 고객님은 아마…….”

“외모가 어느 정도 호감이 간다는 가정하에 말이죠.”

남자가 톡 끼어들었다.

“안 사원.”

“죄송합니다.”

여자가 목을 가다듬고는 이야기를 이어나갔다.

“제가 드리고 싶은 말은 단순합니다. 사랑은 어느 한쪽의 일방적인 선택으로 이뤄지지 않는다는 것입니다.”

먼저 말을 걸고 뒤를 쫓아온 사람은 분명 그였다. 하지만 진짜 싫었다면, 명함을 받거나 조건반사라는 핑계로 자신의 명함을 건네지 않았을 것이다. 그날 미묘한 분위기에 취한 건 마주도 마찬가지였다. 여자의 말은 사실이었다. 사랑은 어느 한쪽의 강요만으로 시작될 수 없다.

“그래요. 나도 싫지 않았어요. 유머러스했고 함께 있으면 재미있었으니까. 사람을 참 즐겁게 해주는 스타일이었어요. 나는 그러지 못했는데…….”

마주의 목소리가 허공에 흩어졌다. 어차피 끝난 인연인데 꼭 이렇게까지 해야 했나. 뒤늦은 후회가 밀려들었다. 그는 한동안 사람들의 비웃음과 수군거림에 적잖이 시달릴 것이다. 어쩌면 인사고과에서 안 좋은 평가를 받거나 최악의 경우에는 회사를 그만두는 일까지 벌어질 수도 있었다.

"나도 그 사람한테 썩 좋은 사람은 아니었어요. 답답하고 따분하고 함께 있으면 지루했을 거예요. 만약 처음부터 나와 만나지 않았다면 그 사람도 굳이 이런 일까지……."

"맞아요. 고객님은 아주 답답하고 따분하고 지루한 성격 맞습니다."

여자의 말에 커피를 마시던 남자가 쿨럭 기침했다.

"저기, 나 대리님?"

"매력 없었을 거예요. 마냥 좋은 게 좋다 스타일이죠? 다음에 보자고 하면 오케이. 갑자기 일이 생겼다 해도 괜찮아."

"아, 선배."

남자가 마주의 눈치를 살피며 나직이 말했다.

"그런데 그게 잘못이에요? 말 그대로 스타일이에요. 스타일에 참과 거짓이 있어요? 옳고 그름이 있어요?"

마주가 입을 반쯤 벌린 채 멍하니 여자를 보았다.

"안 맞을 수는 있죠. 그럼 헤어지면 되는 거예요. 그건 잘못이 아니에요. 사람 좋아하는 것도 마음대로 안 되지만, 싫어지는 것도 어쩔 수 없어요. 그러니 여기서 굿바이 하면 되는 거예요. 문제는 사람을 속였다는 겁니다. 아닌 척 둘러대고 거짓말하는 건 어떤 경우에도 용납될 수 없습니다."

남자가 자리에서 벌떡 일어나더니 저벅저벅 카운터로 걸어갔다. 잠시 뒤 그가 두 사람 앞에 얼음이 가득 들어간 아이스 아메리카노 두 잔을 내려놓았다.

"안 사원, 영수증은……."

"이건 제 돈으로 산 겁니다. 활동비 아니에요."

　질렸다는 표정으로 남자가 고개를 저었다.

"그럼 뭐."

　여자가 중얼거리며 커피를 마셨다. 마주의 귓가에 얼음이 잔에 부딪히는 소리가 들려왔다.

"함부로 '나 때문이야' 하고 자책하지 마세요. 제가 이 일을 해보니까 정말 자책해야 할 사람들은 오히려 뻔뻔하고 당당하더라고요."

　여자가 짧은 한숨을 내쉬고는 말을 이었다.

"그 사람, 고객님을 많이 웃게 했다고 했죠?"

　이것이 단순한 질문이 아님을 알 수 있었다. 마주의 기억이 조금씩 과거를 되짚어갔다.

"그 사람이 이야기할 때, 고객님만큼 많이 웃어준 사람도 없었을 거예요."

"……."

"사랑은 어느 한쪽의 노력만으로는 절대 지속될 수 없으니까."

마주는 자주 웃었다. 싱거운 농담에도 미소 지었고, 철 지난 유머에도 유쾌하게 반응했다. 늦는다면 기다렸고, 못 온다면 괜찮다고 했다. 다음에 만나자면 순순히 고개를 끄덕였다. 왠지 그래야 할 것 같았다. 언제부턴가 그렇게 되어버렸다. 왜 그래야 하는지도 모른 채, 그냥 어쩌다 보니 삶이 그런 식으로 흘러가게 내버려두었다.

"중학교 때였을 거예요. 친한 친구들이랑 놀고 있었어요."

마주가 유리잔 속 달그락거리는 얼음을 보며 이야기했다.

"위인 이름이었나, 아니면 영화배우? 아마 유명 작가였을 거예요. 한 아이가 이야기 끝에 틀린 이름을 말하더라고요. 그런데 너무 자신만만하게 말해서 다들 그 아이 말이 맞겠거니 하고 믿는 분위기였어요."

절대 창피를 주려는 게 아니었다. 잘난 척은 더더욱 아니었다. 그냥 아닌 것을 아니라고 말했을 뿐이고, 잘못된 정보를 정정했을 뿐이다. 그것이 그 아이를 위해서도, 듣는 친구들을 위해서도 좋은 일이라 생각했다.

"그게 그토록 큰 문제가 될 줄은 몰랐어요."

누군가 무심코 버린 담배꽁초가 산불로 번지듯, 한번 불이 붙기 시작한 소문은 걷잡을 수 없이 번져나갔다.

"많이 어렸죠. 논리와 이성보다는 감정과 자존심이 백배 더 중요한 때였으니까."

"뭐 성인이라고 다 논리적이거나 이성적인 건······."

여자가 옆구리를 찌르자, 남자가 말을 멈추고 헤벌쭉 웃어 보였다.

"죄송합니다. 계속하시죠."

하루아침에 모든 것이 변했다. 친구들 사이에서 마주는 잘난 척하고 재수없는 아이로 낙인찍혔다. 소위 말하는 집단 따돌림과 왕따. 엄마는 딸의 변화를 단번에 알아차렸다.

"엄마는 그때나 지금이나 눈치가 빠르고 촉이 좋아요."

학교 폭력 위원회가 열렸고 가해자들이 고개 숙여 사과했다. 그렇게 일이 마무리되는 줄 알았다. 가해자 중 한 명이 '쟤네 아빠 변호사래'라고 소리치기 전까지는. 그 한마디가 또 다른 불씨를 낳으리라고는 어린 마주는 상상하지 못했다. 아빠가 힘 있는 변호사라서 가해자들을 협박했고, 마주를 건드리면 그 즉시 고소당한다는 소문은 또 다른 화마가 되어 진실을 태워버렸다.

"결국 전학까지 가게 되었어요. 새 학교에서는 가급적 제 의견을 이야기하지 않았죠. 그러기 싫더라고요. 무섭고 겁이 났어요."

그래서일까? 그가 말하면 바보처럼 일단 웃었는지도 모른다. 부탁하면 들어줬고, 미안해하면 괜찮다 말했다. 쓸데없는 불씨를 만들기 싫었다. 자칫 조그만 실수에도 삶의 모든 게 타버릴 테니까. 재가 되어 흔적도 없이 사라져버릴 테니까.

"죄송해요. 별 이야기를 다 하네요."

오수에서 깨어난 듯 멍하고 나른한 기분이 들었다. 이제는 기억에서도 희미한 일을 왜 꺼냈는지 정작 이야기하는 마주도 알 수 없었다.

"제 이야기 잘 들으세요."

여자가 마주의 눈을 똑바로 바라보며 입을 열었다.

"그때나 지금이나 고객님은 잘못한 거 하나도 없어요. 자기 기분 나빴다고 따돌리는 것들은 친구도 아닙니다. 사람 속이고 바람피우는 것들은 사랑 아닙니다. 진짜 잘못은 그런 것들에게 있어요."

"나 대리님, 그래도 고객님 앞에서 것들이라는 표현은 좀……."

남자가 손날로 입을 가리며 말했다. 여자는 전혀 개의치 않는 표정으로 빠르게 말을 이었다.

"친구든 연인이든 의견 대립과 충돌은 자연스러운 겁니다.

그렇게 서로에게 조금씩 양보하고 맞춰가는 거예요."

"……."

"그렇게 툭탁거리며 서로를 알아가는 겁니다."

마주가 잃어버린 건 어쩌면 그 툭탁거림인지도 몰랐다. 싸우고 다투고 두 번 다시 안 볼 것처럼 뒤돌아섰다가 또 언제 그랬냐는 듯 만나서 하하거리는 바보 같고 유치한 시간들, 그 당연한 순간순간들을 완전히 잊어버렸다. 아니, 잃어버렸다.

"그런데 왜 나한테는 어려울까요?"

마주의 입가에 허탈한 미소가 머물다 사라졌다.

"어려운 게 아니라 익숙하지 않은 것뿐이에요."

"……."

"절대 불가능하지 않습니다. 고객님."

마주가 고개를 돌려 창밖을 바라보았다. 조금 전까지 커피 트럭이 서 있던 곳, 그가 적잖이 당황한 모습으로 입간판을 가리키던 곳, 오래전 마주가 그를 기다리던 곳, 언젠가부터 그가 더는 마주가 오지 않기를 바라던 곳, 눈이 오고 비가 내리고 단풍잎이 흩날리던 곳, 사람들이 바삐 오가는 길을 따라 서로의 손을 맞잡고 하염없이 걷던 곳, 그러나 이제는 두 번 다시 올 수 없는 삶의 나날들과 기억과 미련이 창밖에 흔적 없이 펼쳐져 있었다.

"맞아요. 불가능한 게 아니죠."

추억이 끝나면, 또 다른 시간이 밀려올 것이다. 이제부터는 새로운 길로 가면 되는 거였다. 어쩌면 삶은 생각보다 명료했고, 그만큼 단순했다. 창밖을 보던 마주가 시선을 돌렸다.

"괜찮으십니까?"

여자가 다시 물었다.

"네. 이제 괜찮아질 거예요."

마주가 빙긋이 미소 지었다.

"그럼 저희 홈페이지에 고객 만족 후기를 작성……."

여자의 찌릿한 시선에 남자가 뒷머리를 긁적였다. 두 사람의 모습에서 마주는 여자가 말한 툭탁거림이 무엇인지 눈치챌 수 있었다. 손발이 맞지 않고 어딘가 삐걱거리지만, 그것마저 다정해 보이는 모습. 그렇게 서로 맞춰가는 과정은 악기를 조율할 때 나는 작은 마찰음과 비슷했다. 세상의 모든 아름다운 연주는 바로 그 소음으로부터 시작된다.

"감사합니다."

마주가 말했다.

"저희도 감사드립니다."

두 사람이 마주를 향해 고개를 숙였다.

나 대리가 조수석에 깊숙이 몸을 묻었다.

"아까 커피 영수증은…….”

"말했잖아요. 제 돈으로 산 거라고. 걱정하지 마세요.”

안 사원이 입술을 비죽이며 툴툴거렸다.

"그래서 영수증 안 챙겼어?”

"챙겼어요. 영수증 받는 게 습관이 돼서.”

안 사원이 '왜요?' 싶은 표정으로 고개를 돌렸다.

"활동비로 빼. 어쨌든 고객을 위한 서비스였으니까.”

"쳇, 뭐 고객만 위해서였나?”

"쥐꼬리만 한 월급으로 괜한 데 돈 쓰지 마.”

"벌써 제 재정 관리 들어가시는 겁니까? 저야 결혼하면 당연히 선배에게 모든 경제권을 위임할…….”

"또 까불지? 너 자꾸 이러면…….”

"그래요. 파트너 바꿔달라고 해요. 선배, 아니 유능한 나 대리님이라면 같은 조 하겠다는 사람이 어디 한둘이겠습니까?”

나 대리가 등받이에 파묻은 상반신을 일으켰다. '진심이야?' 하고 물어야 하는데 이상하게 말이 나오지 않았다. 물론 파트너를 바꾼다는 말은 나 대리의 단골 멘트였다. 안 사원이 워낙 장난기가 심하고, 가끔은 고객 앞에서도 눈치 없이 행동하니까. 그럴 때마다 안 사원은 인형을 빼앗긴 아이처럼 축 처진 모습으로 '선배, 저 진짜 버릴 거예요?' 하고 앓는 소리를 했다. 파트너를 바꾼다는 나 대리의 협박도, 자기를 버리지 말라는 안 사원의 애원도 모두 실없는 농담이었다. 그 사실을 두 사람 다 잘 알고 있었다. 그만큼 익숙해졌다는 표현이 더 맞을 것이다.

"안전벨트 매세요. 출발합니다."

안 사원이 굳은 표정으로 차의 시동을 걸었다.

장난기가 다분하고 눈치가 없다 했지만, 사실 그것이야말로 안 사원의 최대 장점이었다. 이별 케어 서비스를 신청한 사람들 중 그 누구도 연인과의 이별을 유쾌하게 받아들이진 못했다. 고객들과의 만남에서 바위 같은 공기에 짓눌리는 건 BUC의 일상이었다. 사방이 밀폐된 공간처럼 답답하고 꽉 막힌 순간순간의 연속이었다. 그 팽팽한 긴장 속에서 안 사원의 엉뚱하고 눈치 없는 말과 행동 덕분에 짧게나마 숨통이 트였다. 조금 전만 해도 그랬다. 안 사원이 내민 커피 덕에 어색하고 날 선 분위기가 누그러지지 않았는가. 그는 자신의 방식대로 조금씩 일을 배워나가고 있었다. 그래서 이제 내가 필요 없다는 것일까? 나 대리가 피식 웃음을 흘렸다.

"웃음이 나오죠?"

주차장을 빠져나오며 안 사원이 말했다.

"그럼 울까?"

나 대리가 등받이에 다시 상반신을 기댔다.

"아까는 왜 그렇게 화가 났어요?"

"화난 거 아니야."

헤어진 이유를 듣다 보면, 종종 화가 치솟았다. 그때마다 매번 감정을 소모시키면 결국 힘든 건 이쪽이었다. 나 대리는 최대한 고객과 선을 긋고 거리를 두려 했다. 상황을 객관적으로 파악하는 게 자신과 고객 모두를 위해 좋은 일임을 지금까지의 경험으로 알게 되었다.

"보이는 대로 얘기했을 뿐이야."

"뭐가 보였는데요?"

이별의 이유가 상대의 배신이라면, 대부분 격한 감정을 드러냈다. 상대를 욕하고 헐뜯으며 온갖 저주를 퍼부었다. 복수는 최대한 잔인하게, 잡초를 발견한 농부처럼 뿌리째 뽑아내려 했다. 오로지 상대가 처참히 망가지고 무너지는 데 초점을 맞추었다. 그렇게 너덜너덜해진 상대가 혹시 돌아오지는 않을지 어리석은 기대를 하는 이도 있었다. 떠나간 연인이 돌아와만 준다면 그깟 보험 처리 비용 정도야 얼마든지 반납할 의향이 있다는 듯. 하지만 대부분은 상대가 가루처럼 분쇄되기를 원했다. 다 끊어내지 못한 미련이든, 완벽한 분노든 그 어느 쪽도 쉽게 속마음을 감추지 못했다. 부들부들 몸을 떨거나 굳은 표정으로 침묵하거나 똑같이 나 대리의 눈에는 터지기 일보 직전의 활화산으로 보였다.

"그 고객은 정말 차분했어. 말투며 표정, 목소리에도 감정이 전혀 묻어나지 않았잖아."

"그래서요?"

안 사원이 흘낏 조수석을 곁눈질했다.

"그런 사람은 오히려 내 감정을 건드린단 말이야."

"뭐예요…… 선배, 지금 변태라고 고백하는 겁니까?"

"응."

"아, 진짜. 그걸 왜 이제야 말해요?"

"왜? 정떨어졌어?"

"나는 전혀 몰랐잖아요."

"그럼 지금부터라도 알아둬."

"알았어요. 선배가 나랑 같은 과인 거 알아둘게요. 어쩐지 이상하게 선배에게 끌리더라니. 우리는 통하는 게 참 많네요."

어디까지가 진실이고, 어디까지가 장난인지 알 수 없었다. 나 대리는 그 모호한 경계가 싫지 않았다. 그를 보면 어릴 적

가지고 놀던 공이 떠올랐다. 공이 너무 가벼우면 벽에 던졌을 때 제멋대로 튕겨나간다. 반대로 너무 무거워도 힘 있게 솟구치지 못한다. 너무 가볍지도 무겁지도 않은 공이 가장 이상적인 높이로 튀어올랐다. 처음부터 이런 관계는 아니었다. 그런데 정신을 차려보니 두 사람은 어느덧 미묘한 경계선 위에 서 있었다.

"왜 말을 하다 말아요."

"뭐? 내가 얼마나 변태인지 자세히 설명해달라는 거야?"

"나 대리님, 근무시간입니다. 사적인 얘기 그만하시죠? 조금 전 고객 얘기나 해요."

안 사원이 장난기가 쏙 빠진 목소리로 물었다. 나 대리가 한쪽 입꼬리를 말아올렸다. 적당한 무게의 공은, 딱 원하는 만큼만 튀어오르는 법이다.

"봤잖아, 어머니가 넘긴 자료. 백 퍼센트 상대의 배신으로 인한 이별이야. 그런데도 그 고객은 분노를 표출하거나 화도 내지 않았어. 마치 자신이 잘못해서 이 관계가 어그러졌다는 표정이었지. 만약 어머니가 아니었다면 그런 복수극은 상상조차 하지 못했을 사람이잖아."

간혹 그런 사람들이 있었다. 분명 상대의 잘못 때문인데도 이별의 원인을 자신에게로 돌리는 이들. 내가 부족해서, 내가 못나서, 내가 사랑받을 가치가 없어서 그 또는 그녀가 떠났다고 믿는 이들은, 상대가 아닌 제 가슴에 비난의 화살을 꽂았다. 나 대리는 그런 고객과 마주하는 시간이 그 어느 때보다 괴롭고 힘들었다.

"태어남과 동시에 죽음이 카운트다운을 시작하듯이, 인연이나 사랑도 마찬가지야. 만남과 동시에 이별행 기차에 오르는 법이지."

"너무 극단적인 표현 아니에요? 그렇지 않은 인연들도 있잖아요."

"그렇지 않은 인연들은 있겠지만, 그렇지 않은 사람들은 드물지. 살면서 이별 한번 경험해보지 않은 이들이 몇이나 되겠어."

"그건 모태 솔로를 두 번 죽이는, 아주 잔인한 발언입니다."

"그만큼 자연스럽다는 거잖아. 상처받고 또 상처 주고…… 어리석고 미련한 짓의 반복이야말로 자연스러운 사랑의 과정이라고."

나 대리가 팔짱을 끼고는 짧은 신음을 내뱉었다.

"그런데 그 고객은 과정이 생략된 듯 보였거든."

"선배가 말한 그 툭탁거림이요?"

안 사원이 물었다. 나 대리가 고개를 끄덕였다.

"모든 잘못의 원인을 자신에게로 돌리는 건, 단순히 사랑이나 이별의 문제가 아니란 생각이 들었어. 그보다 더 깊은 곳에 너무 꽉 묶여서 풀리지 않는 어떤 매듭을 가지고 있지 않을까? 그걸 한번 건드려보고 싶었던 거야."

"사랑이 떠나가버릴까봐 두려웠던 게 아니네요. 어쩌면 또 다시 존재를 거부당할까봐 그게 싫었는지도 모르겠어요."

천천히 차선을 바꾸며 안 사원이 말했다. 사랑이 생각처럼 달콤하지 않다는 것을, 때론 이별을 통해 자신을 더 단단하게 만들 수 있다는 사실을 그도 깨닫기 시작했다.

"이제 좀 분위기를 읽을 줄 아네."

"그러니까 더는 그런 얘기 하지 마세요."

나 대리의 시선이 운전석 쪽으로 돌아섰다. 무슨 얘기? 눈으로 묻자 안 사원이 무심한 듯 내뱉었다.

"파트너 바꾼다는 얘기요. 존재를 거부당하는 거 생각보다 힘들거든요."

차가 속력을 높였다. 지친 태양이 마천루 뒤로 조금씩 제 몸을 숨겼다. 어둠이 내리기 직전, 하늘은 화려한 색으로 물들었다. 분주하고 힘들었던 하루가 서서히 저물어가고 있었다.

4
특별 약관

"해지를 안 했군요?"

여자는 또다시 손수건으로 눈가를 훔쳤다.

"독립할 때 보험도 다 넘겨줬어요. 이제 네 것은 네가 알아서 관리하라고요. 뭐가 이렇게 많으냐면서 필요한 것 빼고는 싹 다 해지할 거라더니, 아마 바빠서 못 한 모양이에요."

여자가 감정을 추스르려는 듯 물을 마셨다. 컵을 잡은 손이 가늘게 떨렸다.

"아니면 이렇게 될 줄 알았는지……. 지금도 빗소리가 제일 듣기 싫어요. 비 오는 날이면 가슴이 옥죄어와서 숨을 쉴 수가 없을 정도예요. 나도 이런데 그 녀석은 오죽할까요."

붉게 충혈된 눈이 또다시 그렁그렁하게 젖어들었다.

"둘이 초등학교 때 처음 만났어요. 워낙 허물없이 지내서 그냥 친한 친구인가 보다 했어요. 내가 전에 살던 아파트에서 수학 공부방을 운영했거든요. 한 3년 다녔을 거예요. 그때부터 아주 야무지고 똑똑했죠. 눈에 확 띄는 아이였어요. 엄청 열심히 공부하더니 좋은 대학 나와서 좋은 회사에 들어갔는데……."

여자가 긴 한숨을 내쉬었다. 이제 와 다 무슨 소용일까 싶은 허무한 얼굴이었다.

"그래서 여전히 선생님이라고 불렀군요?"

나 대리가 물었다. 여자가 고개를 끄덕이고는 재차 눈가를 훔쳤다.

"엄밀하게 말하면 나랑 먼저 친하게 지냈어요. 가끔은 제 아빠한테도 못 하는 이야기를 나한테는 다 털어놓았으니까. 그 정도로 가까웠죠. 엄마가 일찍 돌아가시고 홀아버지 밑에서 경제적으로 어렵게 컸어요. 그래서 철이 일찍 들었는지도 몰라요. 얼마나 예쁘고 싹싹한지 그냥 보고만 있어도 기분이 좋았는데……. 지금도 '쌤, 뭐 하세요?' 하면서 금방 메시지가 올 것 같아요."

나 대리가 한 번 더 서류를 확인했다. 여자가 무엇을 말하려고 하는지 알 것 같았다.

"남편이란 인간은 전혀 도움이 안 돼요. 가슴에서 피가 철철 흐르는 애한테 툭툭 털고 일어나라니…… 그게 자식한테 할 말이에요? 세상에, 툭툭 털어버릴 게 따로 있지. 내가 옆에서 그 소리 듣는데 속에서 열불이 뻗쳐서……."

의자가 드르륵 바닥에 끌리는 소리가 났다. 여자가 두 사람을 향해 바투 다가앉았다.

"나도 이참에 그 인간이랑 아주 끝장을 내고 싶은데, 나 같은 사람을 위한 보험은 없어요?"

"여사님은 아무래도 보험보다는 이혼 전문 변호사를……."

나 대리가 강한 악력으로 안 사원의 허벅지를 꼬집었다. 그가 헉하고 숨을 들이마셨다. 그렇게라도 입을 좀 다물게 해야 했다. 나 대리의 찌릿한 시선을 느꼈는지 안 사원이 멋쩍게 웃었다.

"그 인간이랑 끝장을 내든 갈아엎든, 우선 우리 애부터 살려놓고요."

여자가 가방에서 보험 계약서를 꺼냈다. 낡고 빛바랜 서류에는 'BU 케어 보험'이라 적혀 있었다. 올해로 벌써 두번째였다. 20년도 더 된 낡은 서류가 또다시 두 사람 앞에 놓였다.

"어쨌든 아직 해지하기 전이잖아요. 보험료도 꼬박꼬박 냈고요."

여자의 손가락이 계약서의 한 부분을 가리켰다.

"저희 애, 이거에 해당하지 않아요?"

'맞죠?'라고 되묻는 간절한 눈빛을 보며 안 사원이 짧은 한숨을 내뱉었다.

"왜요? 무슨 문제라도⋯⋯."

"저기 여사님, 죄송하⋯⋯."

"네. 맞습니다."

나 대리가 안 사원의 말허리를 잘라냈다. 안 사원이 놀란 눈빛으로 고개를 돌렸다.

"다행이네요."

안도의 낯빛도 잠시였다. 여자의 얼굴에 짙은 먹구름이 몰려들었다.

"제발 우리 아이 좀 도와주세요. 이별 전문 상담가라면서요. 저러다 우리 애 잘못되면 나도 못 살아요. 이렇게 부탁드립니다."

여자가 나 대리의 손을 덥석 잡았다. 손에 낀 반지가 헐렁했다. 화장기 없는 얼굴은 살이 빠져 광대가 도드라져 보였다. 거스러미가 일어난 강파른 손을 나 대리가 살뜰히 다독였다.

"최선을 다하겠습니다."

움푹 파인 두 눈에 희미한 빛이 스쳐지나갔다. 그것은 지푸라기 같은 희망이었고 기댈 곳이 있다는 안도였다. 누군가에게 이별 전문 상담가가 절실히 필요하단 의미였다.

앞서 걷던 안 사원이 몸을 획 돌려세웠다.

"선배, 왜 거짓말해요?"

나 대리도 자연스레 걸음을 멈췄다.

"뭐야, 부딪힐 뻔했잖아? 그리고 내가 뭘 거짓말을 해."

"최선을 다하겠다고요?"

안 사원이 한쪽 다리에 힘을 실었다. 그 건방진 모습이, 안 그래도 퍼렇게 날이 서 있는 나 대리의 뾰족한 신경을 건드렸다.

"너 두 다리에 공평하게 체중 분산 안 시키냐?"

왼쪽으로 15도가량 기울어 있던 껑충한 몸이 비로소 원위치로 돌아왔다.

"어떻게 할 거예요?"

무엇이 안 사원을 삐딱하게 만들었는지 나 대리는 모르지 않았다. 이번 일은 분명 쉽지 않을 것이다. 그 사실을 누구보다 잘 알고 있었다.

"안 사원, 처음이지?"

늘 싱글거리던 얼굴이 딱딱하게 굳어갔다.

"네."

나 대리가 한 걸음 가까이 다가갔다. 그러고는 그의 어깨를 가볍게 툭 쳤다.

"밥이나 먹으러 가자."

"선배."

"알았어. 먹으면서 얘기하자고."

"그게 아니라……."

걸음을 옮기던 나 대리가 몸을 돌려세웠다.

"김치찌개는 그만 먹죠. 얼마나 먹었으면 김치찌개에 빠지는 꿈을 꿨겠어요. 두부에 올라타서 간신히 살았지, 안 그랬으면 시뻘건 국물 속에서 익사할 뻔했다니까요?"

이보다 더 진지할 수 없는 표정으로 안 사원이 말했다. 혹시나 했던 기대는 이번에도 어김없이 빗나갔다. 나 대리가 고개를 절레절레 내저었다.

"김치찌개 안 먹어."

"정말요?"

"대신 김치전골 먹을 거야. 따라와."

걸음을 옮기자 등 뒤에서 익숙한 투덜거림이 따라붙었

다. 오늘따라 하늘이 뿌옇게 보였다. 울먹이는 여자의 모습이 환영처럼 눈앞에 스쳐갔다. 나 대리가 셔츠의 목깃 사이에 손가락을 넣어 넥타이를 풀어헤쳤다. 하지만 목을 옥죄는 듯한 답답함은 조금도 가시지 않았다.

세상에는 다양한 이별이 있다. 상대의 바람으로, 성격 차이로, 또는 성적(性的) 차이로 연인들은 헤어지곤 한다. 경제적인 측면이나 서로 다른 취미와 가치관이 문제가 되기도 한다. 때로는 주변 사람들과의 관계, 사소한 입맛과 취향 차이만으로도 서로에게 등을 보인다. 모든 이별이 유쾌할 수 없고 서로에게 크고 작은 상처를 남기지만, 그중 가장 고통스러운 이별은 바로 상대의 영원한 부재, 즉 죽음이다. 태어남과 동시에 하루하루 죽음으로 향해 가는 게 인간이지만, 아무리 오랜 시간이 흘러도 죽음은 여전히 낯설고 두렵고 또 괴로운 최후의 만남이다.

죽음의 아이러니는 사신(死神)을 만난 당사자가 아닌 주변 사람들에게 더 큰 고통을 준다는 사실이다. 그 대상이 결혼을 약속한 연인이었다면, 어느 날 예고도 없이 그가 이 지상에서 영원히 모습을 감췄다면, 그 상실감은 세상의 어떤 언어로도 표현할 수 없을 것이다. 어떻게 나에게 이럴 수 있느냐고 따져 물을 수도, 너무 보고 싶어 숨이 막힌다고 애원을 할 수도, 오랜 시간이 흘러 길에서 우연히 마주칠 수 있지 않을까 하는 머리카락 한 올만큼의 기대나 미련조차 가질 수 없으니까. 이 모든 인간의 감정을 한칼에 베어버리는 게 바로 죽음의 신이다.

"안 사원도 그 사고 알지?"

"어떻게 몰라요. 사망자가 일곱 명이나 됐는데. 참 생각해보니 인생무상이네."

검게 변한 하늘에서 예고도 없이 비가 쏟아졌다. 고속도로를 달리던 차들이 서서히 속도를 줄였다. 그런데 터널을 빠져나온 트럭 한 대가 미처 속도를 줄이지 못했다. 급브레이크를 밟았을 땐 이미 늦어버렸다. 고속도로에서 일어난 5중 추돌 사고. 그 가운데 그녀를 태운 차가 있었다. 동승자는 같은 회사 직원들이었고, 1박 2일간의 사내 교육을 다녀오던 참이었다. 승용차는 알루미늄포일처럼 처참하게 구겨졌다. 동시에 그녀의 모든 시간과 앞으로의 삶도 멈춰버렸다.

안타까웠지만 그 사고는 이내 나 대리의 머릿속에서 지워졌다. 하루에도 수십 건의 사건, 사고가 터지는 세상이다. 그 사고와 직접적인 연관이 있는 사람이 BU 케어 보험의 고객이었다니……. 지극히 상투적이지만 그만큼 정답인 표현도 없을 것이다. 역시 세상은 너무 좁다.

"상대의 죽음으로 인한 이별이라니…… 너무 어렵네요. 아무리 우리가 BUC라고 하지만, 이런 이별을 어떻게 케어해 줍니까?"

안 사원이 개인 접시에 음식을 담아 앞에 놓았다. 두부와 고기, 적당히 숙성된 묵은지가 가득했지만, 나 대리는 어쩐지 입맛이 돌지 않았다.

"그리고 서류도 부족해요. 정작 이별 당사자에게서 나온 증거가 하나도 없잖아요."

두 사람이 같이 찍은 사진, 나눴던 메시지, 함께한 기억, 마지막으로 이별했다는 명백한 증거까지…… 모든 것이 완벽하게 갖춰진 후 마지막 심사까지 통과해야만 비로소 BUC를 만날 수 있다. 그렇게 상담을 통해 가장 적절한 이별 케어 시스템이 가동된다. 상대의 바람이나 사기, 거짓말처럼 윤리적으로 문제가 있는 경우를 제외하면, 대부분은 이별의 상처를 빨리 털어내고 일상으로 복귀할 수 있는 다양한 방법들을 의논한다. 보험사는 그에 따른 지원을 아낌없이 해준다.

세상에 한 알만 먹으면 그 즉시 감기가 떨어지는 마법의 약이 없듯, 사실 이별에 관한 완벽한 솔루션도 존재하지 않는다. 그럼에도 사람들이 BU 케어 보험에 가입하고, 이별 전문 상담가를 찾아오는 이유는 단 한 가지뿐이었다. 누군가에게 자신의 사랑과 이별 과정을 낱낱이 고백하고 싶어서, 어리석은 선택과 후회와 미련을 털어내기 위해서였다. 그럼 누군가 물을 것이다. 고작 그런 이유로 이별에 보험과 전문 상담가까지 필요하냐고. 하지만 현실에선 자신의 이별을 마음 편히 털어놓을 수 있는 대상이 그리 많지 않다. 사람들은 타인의 이별 따위에 별다른 관심도, 그럴 만한 여유도 없으니까.

"어쩌겠어. 그냥 인연이 아니라고 생각해."

"그러게 있을 때 잘하지. 이제 와 후회하면 뭐 하냐?"

"인연이 다 그렇지 뭐. 만났다 헤어지고 다시 만나고. 그냥 삶의 과정이야, 과정."

"시간이 약이다. 지금은 죽을 것 같지만 조금 지나면 괜찮아질 거야."

그나마 이 정도의 위로는 양호한 편에 속한다.

"내가 뭐래. 그 자식은 아니라고 했지? 이렇게 끝날 줄 알았다."

"야, 한잔 마시고 잊어. 걱정하지 마라. 내가 앞으로 소개팅 일정 쫙 뽑아놓을 테니까."

"다시 생각해봐. 너 이제 자유라니까. 오히려 축배를 들어야 하지 않겠냐?"

이런 위로 아닌 위로에 비해서는 말이다. 하지만 이게 끝이 아니다.

"너는 참 여유 있게 산다. 연애도 다 해보고. 야, 정신 차려. 지금 세상 돌아가는 것 봐라. 그렇게 한가하게 사랑 타령이나 할 때냐?"

"그 정도는 아무것도 아니야. 내가 전에 그 새끼랑 헤어졌을 때 어땠는지 알아?"

들으면 들을수록 자리를 박차고 나오고 싶거나, 이번 기회에 핸드폰에 저장된 번호 좀 정리해볼까 고민하게 되거나, 정신 건강을 위해 멀찍이 거리를 둘까 결심하게 만드는 사람들도 있으니까. 어설픈 민간요법이 오히려 병을 키우듯 어설픈 위로는 가슴에 더 큰 상처만 남긴다. 이제 이별도 전문가와 상담하는 시대가 온 것이다. 그러나 아무리 명의라 소문이 자자해도 모든 질병을 치료할 수 없듯이 이별 전문가라 해서 모든 상실의 고통을 보듬어줄 수는 없는 법이다. 서로 간의 다툼이나 누군가의 배신 때문이 아닌 죽음이 결부된 헤어짐은 전문 BUC라 해도 좀처럼 접근하기 어렵고 힘들다.

"어쨌든 당사자가 제출해야 하는 서류가 단 한 장도 없잖아요. 사정은 딱하지만, 우리가 해줄 수 있는 게 없습니다."

보험사에 연락한 사람은 이별 당사자가 아니었다. 그의 어머니였다. 몇 가지 증거 서류를 제출했지만, 어디까지나 어머니가 가지고 있는 것들이었다. 보험 심사를 통과하기 어려워 보였다.

"특별 약관이라는 게 있어."

나 대리가 젓가락으로 두부를 잘라 입에 넣었다.

"그게 뭔데요?"

안 사원이 밥을 크게 떠 한입에 넣고 우물거렸다.

"이럴 때 쓰라고 있는 거."

두부 맛이 진했다. 좋은 콩으로 만든 것이 분명했다. 고소하고 부드럽지만 무르지 않은 맛. 칼칼한 간이 적당히 배어 맛이 일품이었다.

직접 담근 김치와 손수 만든 두부로 맛을 낸 김치전골.

나 대리가 벽에 적힌 글씨를 눈으로 읽으며 가볍게 고개를 끄덕였다.

"이럴 때?"

나 대리의 시선이 마주앉은 안 사원에게로 돌아왔다.

"죽음 말이야."

나 대리가 가방 속에서 태블릿 피시를 꺼내 화면을 켰다. 그러고는 안 사원에게 건넸다. 거액의 보험료를 탈 수 있는 시스템이 아니었다. 복잡한 장례 절차를 책임지지도 않았다. 남은 이들에게 현실적인 도움을 줄 수도 없었다. 고작해야 헤어짐에 관하여 의논할 뿐이었다. 사랑하는 연인을 죽음으로 잃은 이가 과연 이별 전문 상담가를 찾을 만한 경황이 있을까?

"과거의 추억을 정리해서 제출할 정신이 어디 있겠어?"

"그래서 이런 경우에는 심사 기준을 낮춘다는 거예요? 본인이 아니더라도 가족이나 지인이 대리로 신청할 수 있게?"

안 사원이 손가락으로 화면을 휘휘 넘기며 말했다.

"나름 합리적이네요. 하긴 그런 이별의 당사자가 우리를 찾아올 여유가 어디 있겠어요? 심사에 필요한 서류를 작성하는 것 자체가 불가능할 텐데."

"그래서 문제지."

나 대리가 두부를 묵은지에 싸 먹었다.

"또 왜요?"

"그 답은 직접 몸으로 부딪쳐서 알아내봐."

넓은 식당 안에 맵고 시큼한 김치 냄새가 가득했다. 테이블마다 사람들이 마주앉아 밥을 먹었다. 밥 한 끼와 차 한 잔은 흔한 인사였다. 하지만 그 가벼운 약속을 실행에 옮기는 건 생각보다 어려웠다. 맛있는 식당에서, 분위기 좋은 카페에서 밥을 먹고 차를 마시는 일, 무척 간단하고 쉬운 만남이 누군가에게는 지키기 힘든 일이 되었다. 시간은 생각보다 빨리 흘렀고 잠시 멈춰 기다려주지 않았다. 시간을 붙잡거나 되돌릴 수 있는 사람은, 이 세상에 존재하지 않을 것이다. 그건 어쩌면 지나간 사랑도 마찬가지 아닐까.

"내가 고른 메뉴야. 여긴 내가 계산해."

나 대리가 안 사원의 손에서 계산서를 낚아챘다.

"주문은 제가 했다고요."

안 사원이 뻗은 손을 나 대리가 찰싹 소리 나게 때렸다. 화장실에 간 사이, 안 사원이 주문한 건 사실이었다. 그래봤자 김치전골 2인분, 누가 주문한 게 뭐가 대수일까?

"됐어. 나중에 안 사원 먹고 싶은 거 먹으러 가면 그때 계산해."

"아, 진짜. 마음대로 하세요."

안 사원이 뒤돌아서 성큼성큼 식당을 빠져나갔다. 나 대리가 직원에게 계산서를 건네고는 지갑을 꺼내 들었다.

"추가 요금은 없습니다. 그냥 서비스로 드리는 거예요."

직원이 활짝 웃으며 말했다. 나 대리가 의아한 눈빛으로 두 눈을 끔뻑였다. 전골 2인분에 밥 두 공기를 먹었다. 음료수 한 잔 마시지 않았는데 추가 요금이 나올 리가 없잖은가.

"추가 요금이요?"

"먼저 나간 남자분이요, 여기 진짜 손두부냐고 물어보시고는 추가 요금 낼 테니까 두부 넉넉히 넣어달라고 하셨잖아요. 저희가 다른 테이블보다 많이 넣어드렸어요. 김치찌개에 들어간 두부를 좋아하신다고……."

나 대리가 뒤돌아 유리벽 너머를 바라보았다. 그곳에 주머니에 손을 찔러 넣은 채 삐딱하게 서 있는 누군가가 있었다. 두 다리에 체중을 공평하게 분산시키지 못하는 건방짐은 여전했다. 그 모습이 사뭇 괘씸했지만 나 대리는 못 본 척 그냥 넘겼다. 입안에는 여전히 포근포근하고 고소한 두부 맛이 남아 있었다.

*

처음에는 못 견디게 얄미웠다. 그 시끄러운 수다쟁이가 뭐라고 엄마는 입만 열면 칭찬을 하는지……. 유통기한이 지난 우유를 먹은 듯 배알이 꼬였다.

"은지는 하나를 알려주면 둘이 아니라 셋을 이해한다니까.

성격은 또 얼마나 좋은지 공부방 동생들도 야무지게 잘 챙기고. 저번에는 누가 헐레벌떡 달려와서 '쌤, 안녕하세요?' 하지 뭐야. 세상에 나한테 인사하려고 맞은편에서 길까지 건너왔더라니까? 은지 아빠는 똘똘한 딸 쳐다만 봐도 배가 부르겠어."

어른들에게 늘 칭찬을 받는 아이. 공부도 잘하고 인사성까지 밝으며 생글생글 웃는 얼굴의 고 작은 녀석이 바로 은지였다. 초등학교 3학년 때 같은 반이 되었고, 그 인연으로 5학년 때부터 은지는 엄마의 공부방에 다녔다. 두 사람이 알고 지낸 지 어느덧 4년이 흘렀다.

"너 왜 공부방 안 나와? 쌤 전화는 왜 안 받는데? 야, 나는 우리 엄마가 공부방 선생님이면 엄청 좋겠다. 공짜로 배울 수 있고, 끝나고 집에 같이 가고."

"그럼 너희 엄마 해. 뭐 나보다 너를 더 좋아하니까. 너희 엄마 해도 되겠네."

"바보냐? 자기 자식보다 더 좋은 애가 세상에 어디 있겠냐? 나는 쌤이 공부방 학생으로서 좋아하는 거고, 너는 아들이잖아."

물론 알고 있었다. 아무리 똑똑하고 올바르며 예쁜 아이라 해도 엄마가 아들보다 더 좋아할 수 없단 사실을 말이다. 그럼에도 질투가 나는 스스로에게 짜증이 났다. 바노는 자신의 유치한 마음을 들킨 것 같아 괜스레 불퉁거렸다.

"원래 어른들은 공부 잘하는 애가 최고야. 나는 공부 못하잖아."

"안 하는 거지."

은지가 콧잔등에 주름을 만들었다. 정말이지 얄미운 말만 골라서 했다.

"됐어. 나는 요리사 될 거야. 요리사에게 수학, 역사, 국어는 필요 없어."

세상에 맛있는 음식만큼 사람을 행복하게 만드는 것도 없다. 아무리 시대가 변하고 기술이 발전한다 해도 요리는 사람의 손맛이 좌우하니까. 똑같은 레시피로 만들어도 결과물은 사람마다 달랐다. 바노는 맛있는 음식이 좋았다. 그것을 제 손으로 만들 때가 가장 행복했다.

"너 지금 요리사를 대단히 무시하는 발언을 했어."

은지가 제법 근엄한 목소리로 말했다.

"내가?"

바노가 손가락으로 제 가슴을 가리켰다.

"왜 요리에 수학, 역사, 국어가 필요 없어? 소금물 농도, 양념 배합, 소스를 만들 때 들어가는 재료의 양, 불의 온도까지…… 요리에 얼마나 다양한 수학 공식이 필요한지 알아? 그리고 역사는 어때. 너 한식에 관심 많다며? 지금도 학자들이 앞다투어 옛 선조들의 요리 비책을 연구, 개발하고 있잖아. 그럼 기본적으로 한문에는 정통해야 할걸? 옛 문헌은 다 한자니까. 봐봐, 요리사가 되기 위해서는 생각보다……."

"알았어. 됐어. 거기까지."

바노가 황급히 손바닥을 들어 보였다. 잔소리는 엄마와 선생님에게 듣는 것만으로도 충분했다. 은지가 아쉬운 듯 입술을 비죽이고는 두 눈을 가늘게 뜨며 웃었다.

"어쩐지 좀 다르다고 생각했어."

"또 뭐가?"

바노가 심드렁히 물었다.

"지난번 특별활동 시간에 요리사 선생님 오셔서 실습했잖아. 처음 봤어, 너 수업 시간에 그렇게 집중하는 거. 막 이것저것 엄청나게 물어보지 않았어?"

진짜 요리사가 학교에 온다고 했다. 가게를 3호점이나 냈고 전통 요리에 관한 책도 출간한 작가라 했다. 그런 대단한 사람이 학교에 오다니…… 바노는 생각만으로도 가슴이 뛰었다. 그의 첫인상은 요리사보다는 운동선수에 가까웠다. 단단하고 굵은 팔뚝이 바노의 시선을 붙잡았다. 예리한 칼과 불, 끓는 기름과 물이 있는 주방에서는 늘 긴장해야 했다. 무엇보다 강한 체력이 필요할 테지. 바노가 허리를 펴고 어깨에 힘을 주었다. 적어도 체력만큼은 남에게 뒤지지 않을 자신이 있었다.

특별활동이라고 해봤자 칼과 불을 쓸 수 있는 진짜 요리 시간이 아니었다. 간단히 전통 약과를 만들었는데, 그것마저 이미 완성된 반죽을 틀에 넣어 찍어내고 시럽인 집청을 만들어 바르는 게 고작이었다. 그럼에도 요리를 하는 두 시간이 마냥 짧게만 느껴졌다. 모든 활동이 끝나고 복도까지 뛰어나와 인사하는 바노에게 그가 한쪽 눈을 찡긋해 보였다.

"잘하더라."

별 뜻 없는 칭찬이라 생각했는데,

"재미있니?"

어쩌면 아닐지도 몰랐다. 바노가 크게 고개를 끄덕였다. 그가 돌아서서 복도를 걸어갔다. 그것이 전부였다. 하지만 열네 살 소년의 마음을 뒤흔들기엔 그 한마디면 충분했다. 삶의 이정표는 때론 그렇게 발견되는 법이다. 누군가 툭 던진 한마디, 눈빛, 웃음, 어깨를 두드리는 가벼운 손짓과 격려로 그곳에 길이 있다는 걸 비로소 알게 된다. 그건 어쩌면 사랑에 빠지는 일과 별반 다르지 않다. 인생의 시작과 변화는 아주 찰나의 순간에 찾아오는 것이다.

"멋지다. 벌써 꿈도 정하고."

은지가 발끝으로 톡톡 땅을 팠다. 그 소리가 아침에 울리는 알람처럼 멍한 정신을 깨웠다. 바노가 흠칫 놀라며 자신만의 환상에서 벗어났다.

"너는 공부 잘하잖아. 하고 싶은 거 다 할 수 있지 않아?"

중학생이 수학 성적이 좋은 건 당연히 칭찬받을 일이었다. 그러나 김밥을 예쁘게 싸거나 콩나물국을 시원하게 끓이는 건 그리 중요하게 여겨지지 않았다. 엄마가 좋아하는 김치볶음밥을 아무리 고슬고슬하게 볶아도, 아빠의 솔푸드인 된장찌개를 아무리 칼칼하게 끓여도 전교 1등인 은지만큼 칭찬을 받을 수는 없었다. 절대로, 결단코.

"꿈이 뭐든 간에 공부를 못하면 죄인이지."

은지는 아무 말도 하지 않았다. 그저 힘없이 웃었는데, 그 눈빛이 어쩐지 쓸쓸해 보였다. 열네 살도 저런 얼굴을 할 수 있구나. 바노가 괜스레 돌멩이를 걷어찼다.

"너 이제 공부방 매일매일 나와."

"잔소리하려거든 그냥 가라."

"이제 나도 없단 말이야. 네가 대신 애들 좀 봐줘. 특히 5학년 꼬맹이들 장난이 심해. 쌤 혼자는 힘들어. 게네가 너 무서워하잖아. 그러니까⋯⋯."

"너 이제 공부방 안 와?"

은지가 싱긋이 웃으며 고개를 저었다.

"안 오는 게 아니라 못 오는 거지."

그날 열네 살 바노는 알게 되었다. 안 하는 것과 못 하는 것의 차이가 무엇인지를⋯⋯. 그보다 중요한 것은 따로 있었다. 이 작은 녀석이 더는 공부방에 안 나온다니 기뻐해야 하는데, 엄마로부터 '우리 은지'로 시작되는 지겨운 소리를 안 들어도 되니 즐거워야 하는데, 전혀 그렇지 않다는 사실이었다. 스스로도 이해할 수 없는 낯선 감정에 바노는 당황했다.

"엄마, 은지 이제 공부방에 안 나와?"

"너는 엄마가 전화를 몇 번이나 했는데, 어디 숨어 있다가 지금 기어들어 오는⋯⋯."

"묻잖아. 은지 공부방에 안 나오냐고?"

시험지를 채점하던 엄마가 쥐고 있던 빨간 색연필을 내려놓았다.

"은지가 안 나오는 게 왜 중요한데?"

그 한마디가 바노의 가슴에 작은 파장을 일으켰다. 그게 왜 중요한지는 스스로도 알 수 없었다. 다만 한 가지만은 확실했다. 그 잔소리쟁이가 더는 공부방에 나오지 않는다면…….

"아이 씨, 몰라. 나도 공부방 안 다녀."

바노도 절대 다니지 않을 작정이었다.

"너는 원래 안 나왔잖아. 한 달에 열 번은 오니?"

그 열 번도 잔소리쟁이의 호출 때문이란 사실을 엄마는 모르고 있었다.

"됐어."

바노가 짜증 섞인 한마디를 내뱉고는 문을 향해 돌아섰다.

"은지 계속 다니면, 너도 나올래? 그럼 어떻게든 나오게 할 수 있는데."

밖으로 나가려던 걸음이 주춤 멈춰 섰다. 바노가 머뭇거리며 몸을 돌려세웠다.

"진짜?"

엄마가 입가에 기묘한 미소를 그려넣었다. 바노는 훗날 알게 되었다. 엄마와 은지, 정확히는 엄마와 그 녀석의 아빠 사이에 어떤 이야기가 오고 갔는지를…….

"은지 없으면 이젠 제가 안 돼요. 저보다 은지한테 배우려는 애들도 있다니까요? 초등학생들에게 얼마나 인기가 많은데요. 은지 덕분에 제 아들 녀석도 착실하게 공부방에 나오기로 약속했어요. 우리 공부방 장학생입니다. 다른 거 걱정하지 마시고 그냥 은지 보내주세요."

다행이라 생각했다. 은지가 다시 공부방에 나올 수 있어서. 그 작은 녀석에게 또 쫑알쫑알 잔소리를 들을 수 있어서. 바노는 괜스레 기분이 좋았다. 그것이 끝이 아닌 시작이 될 줄은 열네 살 소년은 전혀 상상하지 못했다.

*

오늘이 며칠인지, 낮인지 밤인지도 구분되지 않았다. 눈을 뜨면 숨이 막혔고, 다시 잠들기 위해서는 술을 마셔야 했다. 뇌가 독한 알코올에 찌들어 생각이라는 걸 할 수 없기를. 기억마저 다 증발해버리길. 빈속에 술을 붓고 또 부었다. 부모의 연락도 친구들의 전화도 귀찮기만 했다. 결국 핸드폰 전원을 꺼버렸다.

"언제까지 이럴 거야. 그만 툴툴 털고……."

소리치는 아버지의 등을 엄마가 거칠게 떠밀었다.

"이런 얘기나 하려고 같이 온 거야? 당신은 제발 가. 혼자 가기 싫으면 나랑 가자고."

―부탁이에요. 나 좀 제발 내버려둬요.

그것이 엄마에게 보낸 마지막 메시지였다. 그 뒤로 한동안 두 분은 찾아오지 않았다. 인정(人停)은…… 생각하다 그가 피식피식 웃었다. 출근 따위 어찌되든 상관없었다. 사람이 머무르는 곳이란 뜻이지만, 더는 그곳에 그의 자리는 없었다. 무엇을 위해, 누구를 위해 아득바득 그 자리에 올라서려 했는지 알 수 없었다. 고장이 나 부서진 나침판은 삶의 방향을 알려주지 못했다.

벨 소리가 들렸을 때 처음에는 꿈속이라 믿었다. 그러나 집요한 벨 소리는 끊이질 않았다. 그 날카로운 전자음이 늪처럼 끈적한 잠에서 기어이 그를 끄집어냈다. 무심코 쳐다본 벽시계가 '11:05'라는 숫자를 깜빡이고 있었다. 이 시간에 벨을 누를 만한 사람은 없었다. 엄마라면 도어록 비밀번호를 알고 있을 것이요, 친구들은 각자의 일터에 묶여 있을 테니까.

문을 열어주려 한 것은 아니었다. 다만 저 시끄러운 벨 소리를 어떻게든 멈추고 싶었다. 현관문을 벌컥 열자 칼날 같은 햇살이 두 눈을 파고들었다. 세상이 무너져내린 줄 알았는데, 문밖에는 여전히 해가 뜨고 구름이 흘러가며 새가 날고 있었다.

"고객님, 안녕하세요. BU 케어 보험에서 나왔습니다."

그리고 검은 양복을 입은 두 사람이 빙긋이 웃고 있었다. 꿈이라면 악몽일 것이요, 현실이라면 뭔가 커다란 착오가 생긴 게 분명했다.

　"잘못 찾아오셨습니다."

　문을 닫으려 하자 남자가 재빨리 손잡이를 움켜잡았다.

　"고객님, 저희는……."

　"안 사. 그냥 가요."

　머릿속이 지끈거렸다. 그러나 문을 닫을 수 없었다. 상대의 악력이 만만찮은 데다 한 달이 넘도록 제대로 된 식사를 한 적이 없었다. 이렇게 서 있는 것조차 그에게는 힘든 일이었다.

　"필요 없으니까……."

　"남나희 씨가 어머님 성함 맞으시죠? 저희는 BU 케어 보험에서 나온 BUC, 이별 전문 상담가입니다. 어머님이 저희에게 강바노 씨의 이별 상담을 신청하셨습니다."

　이별이라는 단어가 뾰족한 정이 되어 머릿속을 쪼아댔다.

　"꺼져."

　그가 문을 힘껏 잡아당겼다. 상대도 손잡이를 놓지 않았다. 키가 크고 다부진 어깨를 지닌 남자였다. 꾸준하게 체력을 관리해온, 단단하고 건장한 몸이었다. 힘과 체력이라면 바노 역시 누구에게든 밀리지 않았다. 전쟁터 같은 주방에서 살아남기 위해선 첫째도 체력이요, 둘째도 체력이니까. 하지만 한 달 넘게 술로만 버텼다. 이제는 소주병 뚜껑을 따는 것조차 버거웠다.

"경찰 부르기 전에 꺼지라고."

"그러시죠. 지금 고객님 상태를 봐서는 경찰도 부르고 119도 부르고 해야 할 것 같네요. 직접 부르기 힘드시면 대신해 드릴까요?"

여자가 주머니에서 핸드폰을 꺼내 들었다. 그가 문을 움켜쥔 손을 놓았다. 어쩐 일로 엄마가 조용한가 싶었다. 이 사람들이 누구인지, 무슨 목적으로 왔는지, 진짜 사람인지 환영인지, 아니면 그사이 숨이 끊어져 저승사자가 방문한 것인지 아무래도 상관없었다. 그저 피곤하고 다 귀찮을 뿐이었다. 그가 뒤돌아 거실로 들어섰다.

등뒤에서 자박거리는 발소리가 따라왔다. 멋대로 현관에 들어선 여자가 보험 계약, 관리 상담 같은 말들을 쏟아냈다. 그에게는 귀찮고 짜증나는 소음일 뿐이었다. 귓가에서 파리들이 윙윙거렸다. 제법 크고 까맣고 아무리 손짓해도 달아나지 않는 집요한 파리였다.

"어머님이 마지막으로 은지 씨와 나눈 이야기가 있습니다."

그 한마디가 방으로 들어서려던 발걸음을 멈춰 세웠다. 그가 천천히 여자를 향해 몸을 돌려세웠다.

　"그런데 어머님은 그 이야기를 전해야 할지 망설이고 계십니다."

　남자와 달리 작고 마른 체격이었다. 그럼에도 여자의 눈빛에서는 강한 힘이 느껴졌다. 똑바로 바라보는 눈에 일말의 연민이나 동정이 들어 있지 않았다. 감정을 읽을 수 없는 눈빛이 날카로운 햇살처럼 그의 뿌연 시야를 파고들었다.

　"왜 내가 목이라도 맬까봐?"

　"아니요."

　"……."

　"아드님이 어떻게 받아들일지 염려된다고 하시네요."

　두꺼운 암막 커튼이 햇볕을 차단했다. 그러나 반쯤 걷힌 틈새로 새하얀 빛이 뾰족하게 파고들었다. 엄마가 어떤 마음으로 저들을 불렀는지는 알 수 없었다. 알고 싶지도 않았고 그럴 여유조차 없었다. 다만 은지가 엄마에게 어떤 사람이었는지 그는 세상 누구보다 잘 알고 있었다.

　'나는 평생 은지한테 쌤 소리 듣는 게 좋아. 어머님이 뭐니, 어머님이…… 징그럽게. 나는 우리 은지가 아까워 죽겠다. 아무리 내 아들이지만 어떻게 저런 놈을 좋아할 수 있지?'

눈앞이 하얗게 부서져 내렸다. 어지러웠다. 그가 벽에 한쪽 어깨를 비스듬히 기댔다.

"길 건너 맞은편 카페. 한 시간 뒤에."

"기다리겠습니다. 강바노 고객님."

그 말을 끝으로 두 사람의 발소리가 멀어졌다. 문이 닫히며 도어록이 잠겼다. 그가 욕실을 향해 걸음을 옮겼다.

'대학은 안 갈 거야. 엄마는 호텔조리과라도 생각해보라는데, 내가 관심 있는 건 한식이잖아. 차라리 현장에서 몸으로 부딪치며 직접 배우고 싶어. 대학 안 간다니까 우리 아빠는 소파 쿠션을 집어던지더라. 우리 사촌형은 작년에 의대에 갔거든. 강씨 집안의 빛이자 자랑이지. 그런데 뭐 어쩌라고. 그 형은 그 형이고 나는 나지. 쿠션이 아니라 쇳덩어리를 집어던져도 어쩔 수 없어. 너도 내가 대학에 안 간다니까 우리 부모님처럼 실망했냐?'

'그럼 실망했지. 아주 크게 실망했지.'

'정말?'

'왜? 내가 실망했다고 하면 대학 가게?'

'야, 한식의 명장은 대학 간판으로 되는 게 아니라…….'

'잘 아네? 그런데 뭘 물어봐. 네가 또 오죽 마이웨이가 강하냐. 나는 그게 보기 좋다.'

'······.'

'대학은 말 그대로 큰 학문을 배우는 곳이야. 세상에 현장보다 더 큰 대학이 어디 있겠어?'

샤워기에서 물이 쏟아져 내렸다. 언제 마지막으로 씻었는지 기억조차 나지 않았다. 요리의 기초가 체력이라면, 기본은 바로 청결이다. 주문처럼 되뇌던 말들, 목숨처럼 지켰던 규칙들이 하루아침에 그 의미를 잃어버렸다. 너무 많은 것들이 찰나의 순간에 사라져버렸다. 그가 덥수룩하게 뒤엉킨 머리를 감았다.

카페 문을 열자 창가에 두 사람이 앉아 있었다. 시각보다 먼저 반응하는 것은 역시 후각이었다. 쌉싸래한 커피 향과 고소한 치즈 냄새가 밀려들었다. 이곳은 커피와 디저트를 파는 곳인데, 치즈 케이크가 가장 유명했다.

가까이 다가가자 남자가 자리에서 일어났다.

"커피 괜찮으십니까?"

남자의 목소리에 적의가 깃들어 있었다. 아무래도 상관없단 생각에 바노가 고개를 끄덕였다. 커피든 이 낯선 사람들이든 모든 게 귀찮기만 했다. 그저 엄마가 마지막으로 은지와 나눈 이야기를 듣고 싶을 뿐이었다. 어쩌면 그리 특별한 얘기가 아닐지도 몰랐다. 그저 그런 안부 인사나 가벼운 농담일 확률이 높았다. 그런 의미 없는 대화일수록 더더욱 간절했다. 두 번 다시는 은지와 소소한 대화조차 나눌 수 없으니까.

남자가 자리를 비운 사이 바노가 그들의 맞은편 의자에 앉았다. 문득 엄마에게 보험증서를 넘겨받은 날이 떠올랐다.

'별걸 다 들었다. 이건 뭐야, BU 케어 보험? 이런 게 왜 필요해. 엄마, 내가 은지랑 헤어지기를 바라기라도 하는 거야?'

'말하는 본새하고는. 그냥 자동이체를 걸어놔서 여태 신경 안 썼어. 보험료가 비싼 것도 아니고. 그 뭐지, 한 번도 헤어진 적이 없으면 만기 때 기념 여행인가 뭔가 보내준다잖아. 이제 너한테 다 넘길 거니까 해지하든 말든 마음대로 해.'

처음 보험을 넘겨받았을 때 정리했어야 했다. 바쁘다는 핑계로 미루고 미루다 여기까지 와버렸다. 혹여 그 보험을 진즉에 해지했다면, 은지를 허무하게 떠나보내는 일은 없었을까? 말도 안 되는 억지인 줄 알면서도 또다시 가슴 밑바닥에 가라앉은 분노가 먼지처럼 부유했다.

잠시 뒤 바닥을 때리는 마찰음이 들려왔다. 뚜벅뚜벅 구두 소리 끝에 남자가 서 있었다. 커피 잔이 테이블 위에 놓이고 바노가 고개를 들어 두 사람을 바라보았다.

"많이 힘드실 줄……."

"이봐, 쓸데없는 얘기 집어치우고 본론이나 말해."

그가 날 선 눈빛으로 여자의 말허리를 베어냈다.

"네. 그럼……."

"그 전에."

이번에는 남자가 막아섰다. 바노의 시선이 옆자리로 돌아섰다.

"고객님, 부디 언어 선택에 신중을 기하시길 바랍니다. 함부로 반말하지 마시고요. '이봐'가 아니라 이쪽은 나 대리님이고 저는 안 사원입니다."

싱긋이 웃는 남자의 두 눈에 싸늘한 기운이 지나갔다. 자존심? 아니었다. 그보다 더 강한 감정이었다. 소중한 존재를 건드렸을 때 치밀어오르는 순수한 분노. 그것이 무엇인지 바노는 누구보다 잘 알고 있었다. 그가 남자를 향해 가볍게 두 손을 들어 보였다.

"알겠습니다. 말투가 정중하지 못해 언짢으셨군요. 사과하죠."

"경황이 없으신 줄 압니다."

여자가 서둘러 테이블 위에 서류를 꺼내놓았다.

"고객님에게는 고인과의 추억을 되짚어볼 수 있는 시간이

제공됩니다. 몇 가지 방법이 있습니다. 가장 많이 선택하시는 추모 방법으로는······."

"아무리 돈이 전부인 자본주의사회라 해도 사람 감정까지 돈벌이 수단으로 생각하는 거 치졸하지 않아요? 이별 보험이라······ 사람 가지고 장난하는 것도 아니고. 안 그래요, 나 대리님?"

바노가 '나 대리'라는 세 글자에 힘을 주어 말했다. 여자가 눈을 들고 조용히 미소 지었다.

"사람 감정 가지고 장난하는 거 맞습니다."

"······."

"그게 사랑 아닌가요? 서로 감정을 공놀이하듯 주고받고, 혹여 숨은 의도가 있는 건 아닌지 숨바꼭질하듯이 찾으러 다니고, 별것도 아닌 눈짓이나 손짓에 웃고 울면서 어린아이들처럼 겁쟁이가 되기도 하고, 때로는 말도 안 되는 허세나 객기도 부리잖아요. 상대에게 괜스레 장난을 걸고, 함께 놀자고 조르는 이 모든 유치한 과정이 사랑이라 생각하는데요? 이 세상 누구도 관심 없는 상대에게 장난을 걸진 않습니다. 물론 받아주지도 않고요."

'아닙니까?' 하고 묻는 여자의 시선에 바노는 침묵했다. 얼굴만 보면 툴툴거리던 십 대 소년의 마음에는 질투를 가장

한 애정이 가득 들어차 있었다. 그때나 지금이나 그는 조금도 변하지 않았다. 유치하고 어리석고 이기적이었으며 지독히도 멍청했다.

"경중의 차이는 있겠지만, 이별은 어떤 형태든 고통스럽기 마련입니다. 저희는 고객님들의 아픔을 조금이나마 더는 데 도움이 되고자 노력하는 것입니다."

바노의 시선이 테이블 위에 놓인 서류에 닿았다.

"추모 여행은 뭡니까?"

"고인과의 추억이 남아 있는 곳으로 떠나는 겁니다."

여자가 감정이 배제된 건조한 목소리로 대답했다.

"추억이 남아 있는 곳이 해외면 어떻게 합니까? 사람에 따라 남극일 수도 있고, 아프리카 오지나 아마존 정글일 수도 있지 않습니까?"

"당연히 가야죠. 그러기 위해서 보험을 드는 게 아니겠습니까? 다만……."

여자가 가방에서 태블릿 피시를 꺼내 손끝으로 화면을 넘겼다.

"반드시 사전에 저희와 일정 조율이 필요합니다."

바노와 남자가 동시에 한곳으로 시선을 모았다. 그럴 줄 알았다는 듯 여자가 긴 눈을 접으며 웃었다.

"저기, 선배…… 아니, 나 대리님……."

뭔가 말하려는 남자를 향해 여자가 미간을 살짝 구겼다. 조용히 하라는 뜻이었다. 바노가 말없이 머그잔을 들어 올렸다. 빈속에 들어간 커피가 위벽을 긁어댔다.

'제주도?'

'가깝고 좋잖아. 비행기 오래 타는 것도 피곤할 테고, 물이나 음식이 안 맞는 것도 불편할 것 같아. 제주도도 엄연히 세계적인 관광지야.'

'비행기 오래 타기 싫으면 가까운 데도 많잖아.'

'나 제주도 안 가봤어.'

왜 하필 제주도였을까? 이 질문은 은지가 아닌 바노 자신에게 던져졌다. 유럽이나 미주, 아니면 동남아시아, 가깝게는 일본이나 중국도 있었다. 그런데 그녀의 입에서는 엉뚱하게도 제주도가 튀어나왔다. 그 대답이 빈속에 마신 독한 위스키처럼 바노의 속을 긁어댔다. 얼굴에 홧홧하게 열기가 올라왔다.

은지는 정말 제주도에 가고 싶었을까? 혹여 제주도밖에 갈 수 없다고 생각한 건 아닐까? 더는 아무 대답도 들을 수 없는 질문이 북채처럼 둥둥 관자놀이를 때렸다.

'그럼 가면 되지. 그깟 제주도.'

툭 던진 한마디에 자조 섞인 비웃음이 묻어 있었다. 그 화살이 향한 곳이 제주도라 말한 은지인지, 아니면 여태 제주도조차 함께 가지 못한 자신인지 알 수 없었다.

반쯤 식어버린 커피를 한입에 털어 넣었다. 독주보다는 약했다. 그러나 속을 뒤틀리게 하기에는 충분했다. 가슴이 쓰린 것보다 위가 헐고 찢기는 게 그나마 견딜 만했다.

"한 군데 생각났습니다."

바노가 빈 잔을 내려놓으며 말했다.

"저희는 어디든 준비가 되어 있습니다."

여자가 두 손을 가슴께에 모으며 말했다. 뜨거운 여름이 지나갔다. 한낮의 햇살이 송아지 눈망울처럼 순했다. 보이지 않는 손톱이 긁어대듯 텅 빈 위가 쓰렸지만, 온몸에 느껴지는 아린 감각은 그가 여전히 살아 있다는 증거였다. 그 사실이 더 아리고 아팠다. 초가을 햇살이 테이블에 기묘한 무늬를 그려넣었다.

*

"이것도 특별 약관에 포함된 내용인가요?"

차에 타기 무섭게 안 사원이 물었다.

"또 뭐가?"

나 대리가 지친 얼굴로 머리를 쓸어넘겼다.

"아니, 백번 양보해 보험 청구는 대리로 할 수 있다고 하자 고요. 하지만 추모 여행은 본인이 직접 신청했잖아요. 그럼 그에 따른 합당한 증거 서류를 제출해야죠. 제주 J 호텔 스위 트룸이요? 거기가 일박에 얼마인지 알아요? 그 인간……"

"이번 신입 사원 교육 때 한 자리 비워두라 할까? 너 처음 부터 다시 배울래?"

나 대리의 서늘한 경고에도 안 사원은 좀처럼 흥분을 삭 이지 못했다.

"그래요. 그 잘난 고객님, 어쨌든 그 고객이 옛 연인과 제 주 호텔에 묵었다 치죠. 사진이나 메시지, 아니 그것도 필요 없이 호텔에 전화 한 통이면 확인 끝날 것 아닙니까. 그런데 왜 아무것도 요구하지 않아요? 이거 절대 보험 심사는 통과 못 한다고요."

그럴지도 모르겠다. 옛 연인을 추억하는 여행에는 명백한 증거가 필요하고, 그것을 확인하는 건 생각보다 간단한 일 이다. 안 사원의 말처럼 전에 J 호텔에 투숙했는지, 비행기나 배로 제주에 내려간 기록이 있는지 전화 한 통으로 확인을 끝낼 수 있으니까.

"그건 내가 알아서 할 테니까 안 사원은 빨리 고객이 말한 제주 J 호텔 스위트룸 예약해. 우리가 묵을 일반 객실도 하나 예약하고."

이리저리 뒤엉킨 일정을 풀기 위해 나 대리의 머릿속이 빠르게 회전하기 시작했다. 처음 이 일을 시작할 때만 해도 이렇듯 많은 사람이 저마다 다른 사연으로 이토록 간절히 BUC를 찾을 거라고는 상상하지 못했다. 세상에는 수많은 사랑만큼 셀 수 없이 다양한 이별이 존재한다는 사실을, 나 대리는 이별 전문 상담가가 된 후에야 알게 되었다.

"아무리 생각해도 이건 아닌 것 같아요."

안 사원이 구시렁거리며 차의 시동을 걸었다. 그러나 차는 채 10미터도 가기 전에 멈춰 섰다. 급하게 브레이크가 걸리자 나 대리의 몸이 앞으로 휘청였다.

"뭐야? 고양이라도 튀어나왔어?"

"선배, 아니 나 대리님, 지금 뭐라고 하셨어요?"

"고양이라도……."

"아니, 그 전에요. J 호텔 스위트룸이랑 객실 하나 예약하라고요? 하나? 1? 원(one)?"

"난 또 뭐라고…… 우리도 같이 움직여야 하니까 방이 필요하잖아. 그럼 BUC는 밖에서 노숙하나?"

나 대리가 심드렁히 말했다. 안 사원의 눈동자가 크게 부풀어 있었다. 얼마나 안구가 커졌는지 누군가 살짝 뒤통수만 건드려도 금방 튀어나올 것 같았다.

"우리? 같이? 방 하나? 그럼 J 호텔에서 우리 같은 방……."

안 사원이 손가락을 세워 나 대리와 자신을 한 번씩 번갈아 가리켰다.

"그러니까 나 대리님과 제가 한방을 쓴다는 거죠? 그 유명한 제주도 J 호텔에서."

"얘기가 그렇게 되나?"

나 대리가 손끝으로 관자놀이를 긁적였다. 뭐 생각해보니 틀린 소리는 아니었다.

"아무래도 활동비가……."

"아니요. 절대 아닙니다. 그런 구차하고 비겁한 핑계 대지 마세요."

안 사원이 설레설레 도리질하고는 두 팔을 엑스 자로 교차해 가슴을 가렸다.

"선배, 솔직히 회사 규정도 어겨가며 고객을 제주도까지 데려가는 이유가 뭐예요? 혹시 고객을 핑계로 사심을 채우려는 것 아닙니까? 저는 아직 마음의 준비가……."

그 순간 날카로운 경적이 울렸다. 주차장 출구에 멈춰서 뭐 하느냐는, 짜증이 듬뿍 담긴 클랙슨을 누군가 맹렬하게 눌렀다.

"뭐 해, 출발해. 뒤에 차 있잖아."

"정말 스위트룸 빼고는 방 한 개, 딱 한 개만 예약합니다. 나중에 딴소리하기 없기예요."

"알았으니까 빨리 가자고."

그제야 요란한 바퀴 소리를 내며 차가 출발했다. 차 안 가득 안 사원의 콧노래가 울려퍼졌다. 나 대리가 버튼을 눌러 차창을 내렸다. 강한 바람이 그의 흥얼거림을 휘감아 창밖으로 날려버렸다. 멀리, 아주 멀리까지.

*

은지는 모든 일에 최선을 다했다. 홀로된 아버지를 위해, 지긋지긋한 가난에서 벗어나기 위해 앞만 보며 달려왔다. 명문대에 입학했고, 졸업 후 누구나 선망하는 공기업에 입사했다. 그런 은지를 보며 바노의 가슴에 기쁨과 불안이 똑같은 크기로 자라기 시작했다.

"은지 남자 친구라 해서 같은 학교 나오신 줄 알았어요. 그럼 대학은…… 어머, 죄송해요. 안 나오신지 몰랐어요."

"요리사요? 셰프? 아, 한식. 그럼 가게는 어디에……."

"한식은 엄마 밥이 최고라서요. 굳이 밖에서까지는……. 언제 시간 되면 일하시는 밥집에 한번 놀러 갈게요. 서비스 잘해주세요."

사람들은 그가 어느 대학을 나왔고 프랑스나 이탈리아로 유학은 다녀왔는지, 자신의 가게는 운영하는지, 만약 아니라면 얼마나 유명한 곳에서 일하는지 궁금해했다. 한식이라 하면 각자의 엄마나 할머니의 손맛을 입에 올렸고, 그가 업계에서는 유명하지만 사람들에게는 잘 알려지지 않은 가게에서 일한다고 하면 단번에 밥집이라 표현했다.

엄밀하게 말하면 밥집이란 표현이 틀린 것은 아니었다. 그들의 엄마나 할머니가 대단한 손맛을 지녔는지도 모른다. 그것이 사람들이 흔히 생각하는 한식 요리사의 이미지였다. 누구나 할 수 있고 손쉽게 먹을 수 있는, 요리사란 직함도 요리라는 말도 붙이기 어색한 무엇으로 여겼다. 바노는 이런 반응과 분위기에 익숙했다. 굳이 자신의 위치를 설명하거나 증명할 필요를 느끼지 못했다. 타인의 시선이나 평판 따위를 신경 썼다면 애초에 이 길에 들어서지 않았을 테니까. 남들은 전혀 신경 쓰지 않는다고 생각했고 그렇게 믿고 살아왔다. 그런데 아니었다. 만약 그 타인이 은지와 관계된 사람들이라면……. 그들이 친절한 미소 속에 교묘하게 감춘, 어쩌다 대놓고 드러내는 실망과 비웃음을 마주할 때면, 바노는 자신이 걷고 있는 그 길 위에서 중심을 잃고 잠시 비틀거렸다.

"어쨌든 좋겠다. 네 남친이 밥은 알아서 해줄 테니까. 밥물 잘 맞추죠? 우리 할머니는 만날 손등에 물이 자작하게 올라올 때라고 하는데 안 되더라고요. 바노 씨는 밥물 어떻게 맞춰요?"

그것이 사람들, 정확히는 은지의 지인들이 그를 보는 시선이었다.

"그럼 쌀 몇 그램에 물 몇 리터, 이렇게 알려드리면 돼요?"

"에이, 그건 아니죠. 한식에 그램이니 리터니 너무 삭막하다. 우리 할머니는 간할 때 대충 먹어보고 싱거우면 더 넣고 짜면 물 넣으래. 그게 한식이죠. 물론 식당에서는 레시피대로 하겠지만…… 아닌가? 한식은 식당에서도 그렇게 하나?"

"은지 너 나중에 퇴직금 받아서 식당 차리면 되겠다. 백반집 같은 거. 오, 든든한 노후 부러운데? 참, 보연이 이번에는 이탈리아 갔나봐. 걔 서양 미술사에 관심 많잖아. 보티첼리의 〈비너스의 탄생〉인가? 그 작품 얘기하다가 남친이 직접 보러 가자면서 바로 비행기표 끊었대. 그렇게 둘이 피렌체로 날아간 거야. 솔직히 부럽긴 해. 걔 남친이 스타트업 대표라며? 보연이 차도 바꿨잖아. 경차 위험하다고 남친이 바꿔줬대."

다른 사람들이 무슨 이야기를 어떻게 지껄이든 상관없었다. 깔깔 웃든 키득거리든 신경 쓰지 않았다. 그런데 은지가 친구들에게 정색하고 화내는 건 보기 싫었다. 아니, 보기가 힘들었다.

"저렇게 생각 없는 애들인지 몰랐어. 하도 너 만나보고 싶대서. 미안해, 바노야."

그보다 더 듣기 싫은 건 은지의 사과였다. 어쩌면 은지를 사과하게 만드는 자신인지도 몰랐다. 비단 은지의 친구들만 문제는 아니었다. 바노의 주변 사람들도 별반 다르지 않았다.

"와, 거기 정년도 보장되고 연봉에 성과급에 직원들 복지도 장난 아니라던데. 너 긴장해라. 괜히 오래 사귀었으니 괜찮겠지 하다가 나중에 땅 치고 후회하는 짓 하지 말고."

"하긴 은지 걔가 어릴 때부터 똑소리 났잖아. 공부도 잘했고. 워낙 야무졌냐? 이 자식, 공부는 못했어도 사람 보는 눈이 있었군. 이걸 뭐라고 하지? 우량주에 장기 투자?"

바노는 더 이상 열네 살 소년이 아니었다. 은지가 친구들에게 화를 내지 않고, 사람들이 어색한 웃음을 짓지 않으며,

갑자기 나서서 화제를 바꾸는 일이 없도록 만들고 싶었다. 농담을 가장한 빈정거림을 듣지 않기 위해 무엇을 어떻게 해야 하는지 고민할 시점이 다가왔다.

"너도 알지, 인정이라고 들어봤을 거야."

미슐랭 가이드에 몇 번이나 소개된 곳이었다. 국내외 셀럽이 찾는 곳이며 정재계 거물들도 최소 6개월 전에는 예약해야 음식을 맛볼 수 있는 곳이었다. 사람이 머문다는 뜻의 인정(人停)이 아니라, 맛으로 인정(認定)을 받은 곳으로 더 유명했다. 세계에 한식의 맛과 멋을 알리며 전통 음식의 고급화에 앞장서는 곳. 인정 출신의 요리사들은 5성급 호텔에서조차 파격적인 조건으로 스카우트 제안이 들어온다고 했다. 그 세계에 들어갈 수만 있다면, 더는 은지가 사람들 앞에서 얼굴을 붉히지 않을 수 있을까. 괜한 사과를 하지 않아도 될까. 해답을 찾을수록 머릿속은 불 꺼진 지하실처럼 까맣게 변해갔다.

"나 거기 지원하려고. 지금 내 실력으로는 조금 무리지만, 그래도 한번 도전해볼 거야."

그 어두운 마음 끝에 무엇이 매달려 있는지 바노는 알지 못했다. 그저 이름만 들으면 누구나 알 만한 그곳에 들어가길 원했다.

"지금 일하는 곳에 문제 있어? 주방장님 실력 있는 분이라고 했잖아. 밑에서 몇 년 더 배우고 싶다고 안 했어?"

언제 은지에게 그런 이야기까지 했을까? 아마 그때는 그랬는지도 모른다. 그런데 이상하게 그 말이 뾰족하게 바노의 신경을 건드렸다.

"왜? 네가 생각해도 내가 인정에 지원하기엔 실력이 턱없이 부족해 보여?"

"그런 의미가 아니잖아. 너 지금 가게에서 일하는 거 재미있다고 하지 않았어?"

물론 은지가 어떤 뜻으로 물어봤는지 모르지 않았다. 지금 일하는 식당에서는 허드렛일부터 시작해 부주방장까지 올라갔다. 바노가 개발한 밑반찬과 후식이 손님들 사이에서 제법 인기가 많았다. 그 자리에 오르기까지 어렵고 힘든 시간을 끈질기게 견뎌냈다. 그렇게 버텨낸 결과물을 이제는 좀 더 많은 사람에게 보여줘도 되지 않을까. 그 마음을 은지는 모르는 것 같았다. 처음부터 아무런 기대조차 없었을까. 말도 안 되는 억지라 생각하면서도 바노는 점점 더 불안하고 초조했다. 나는 더 넓고 유명한 주방에서 일하면 안 돼? 이름만 들으면 누구나 '아!' 할 수 있는 곳으로 가면 안 돼? 지금보다 훨씬 더 많은 경력과 부를 좇으면 안 돼? 나는 절대 못 할 것 같아?

"당분간 바쁠 거야. 거긴 철저히 실력으로 뽑으니까. 준비해야 할 것도 많고 새로운 메뉴도 개발해야 해."

미친 듯이 연구했고 죽을 만큼 노력했다. 모든 감각과 세포 하나까지 손끝과 혀끝에 집중했다. 머릿속이 온갖 재료들로 가득 찼고 꿈에서조차 요리를 했다. 그리고 결국 바노는 해냈다.

─인정의 새 식구가 된 것을 축하드립니다.

그 메시지를 확인하는 순간 기쁨보다 허무함이 앞섰다. 간절히 원한 만큼 신나고 즐거워야 하는데, 이른 봄 햇살에 천천히 녹아드는 눈사람처럼 알 수 없는 감정이 사그라들기 시작했다. 하지만 바노는 이내 도리질을 쳤다. 너무 마음을 졸였기에 긴장이 풀린 탓이라고 애써 스스로를 다독였다. 그가 큼큼 목을 가다듬고는 핸드폰을 집어들었다.

"나 합격했어."

"합격?"

은지가 되물었다.

"인정 말이야. 내가 지난번에 면접 보러 간다고 했잖아."

그것은 아주 짧은 순간이었다. 하지만 그 잠깐의 고요가 바노를 언제나처럼 초조하게 만들었다.

"오늘 결과 나왔구나? 정말 축하해."

"연봉도 오를 거야. 너도 알지? 거기는 그저 그런 한식집이 아니야. 완전히 기업이라고. 인정에서 일하는 사람만 해도……."

"바노야, 너 정말 거기서 일하고 싶은 거 맞지?"

물을 마시다 턱 사레가 들린 기분이었다. 짜증도 분노도 아닌 기묘한 감정이 왈칵왈칵 터져나왔다. 바노의 목소리에 퍼렇게 날이 섰다.

"거기 아무나 들어갈 수 있는 곳 아니야. 웬만한 실력 없이는 근처에도 못 가. 내가 한 번에 붙으니까 별 볼 일 없는 곳인 것 같아?"

"무슨 말이 그래. 나도 알아, 거기가 얼마나 대단한 곳인지. 나는 그냥 네가 진짜……."

"결혼하자."

그가 툭 내뱉었다.

"뭐?"

"아버님 수술도 잘되셨잖아. 나도 이제 자리잡았고."

"네가 언제는 자리 못 잡았냐?"

크게 달라지는 건 없었다. 음식을 만들고 손님들의 맛 평가에 촉각을 세우며 물과 불, 기름과 씨름하는 건 예나 지금이나 변함이 없을 터였다. 그런데 앞으로는 그 외의 것들이 조금은 새로워질 것이다. 그것은 어쩌면 한 장의 명함이 될 수도 있다. 매달 통장에 찍히는 숫자일 수도 있고, 그가 일하는 곳을 말할 때 사람들이 보이는 반응일 수도 있다. 인정은 어쩌면 은지의 곁에 나란히 설 수 있는 확고한 자리인지도 몰랐다.

"너 전화로 프러포즈하는 거야? 와, 강바노 진짜."

"그게 아니라……."

"됐다. 나 바빠. 끊어."

익숙한 목소리가 전화기 너머로 사라져버렸다. 바노가 아랫입술을 질끈 깨물었다.

"멍청한 새끼, 너 지금 뭐 한 거야."

은지가 기뻐하고 안도했다면 좋았을까. 자신을 자랑스러워했다면 뿌듯했을까. 그녀의 심드렁한 반응에 단지 서운한 것일까. 바노는 자신의 복잡하고 미묘한 감정이 무엇인지 알 수 없었다. 모든 것이 은지를 위해서라 생각했다. 그녀도 원하고 바라는 일이라 믿었다. 그러나 자신이 놓치고 있는 것이 무엇인지 그는 알지 못했다. 자신이 왜 기를 쓰고 인정에 들어가려 했는지 그 본심을 애써 모른 척했다.

*

제주는 '겨우'나 '고작'을 붙일 수 없을 정도로 아름다운 곳이었다. 하늘과 바다가 맞닿은 곳에서 하얗게 빛이 흘러 나왔다.

공항을 빠져나온 직후, 바노는 줄곧 멍하니 바다만 보며 서 있었다. 그 뒤를 두 사람이 그림자처럼 따라붙었다. 설마 하니 정말 제주까지 날아올 줄은 몰랐다. 여자가 말한 일정 조율은 자신들도 이 여행에 동행한다는 뜻이었다. BUC인지 유명 속옷 브랜드인지 모를 사람들이 대체 왜 여기까지 따라오는지 알 수 없었지만, 덕분에 편한 부분도 있었다. 굳이 택시를 타거나 렌터카를 알아볼 필요가 없었다.

"그사이 좋은 일이라도 있는 모양입니다."

첫인상과 달리 남자는 시종일관 기분이 좋아 보였다.

"아닙니다. 죄송합니다."

"제게 죄송할 게 뭐가 있겠습니까. 좋은 일이 있으면 축하 할 일이죠."

바노의 말에 남자가 입가의 미소를 지웠다. 그의 시선이 푸른 바다로 돌아섰다.

"제주에서 함께하신 곳이 어디인가요? 말씀하시면 그리로

가겠습니다."

여자가 물었다. 바노가 망설이다 입을 열었다.

"그냥 호텔로 가주세요."

두 사람은 정말 믿는 것일까? 그 어설픈 거짓말을? 바노는 은지와 제주에 온 적이 없었으니까. '그깟' 제주는 언제라도 갈 수 있었으니까. 인정의 새 식구가 되었고, 그가 만든 후식 한과가 손님들에게 좋은 평가를 받았다. 자신의 첫번째 목표인 부주방장에 오를 날이 생각보다 멀지 않았다는 예감이 들었다. 그런데 이제 그 무엇도 이룰 수 없게 되었다. 그에게 남은 건 아무것도 없었다.

"호텔에서 온종일 뒹굴뒹굴하며 쉬었거든요."

"알겠습니다."

여자가 눈짓하자 남자가 차의 속력을 높였다. 풍광이 아름다울수록 가슴은 까맣게 타들어갔다. 푸른 바다가 눈앞에서 뿌옇게 흐려졌다. 바노가 두 손으로 거칠게 마른세수를 했다.

'나 제주도 안 가봤어.'

아무리 떨쳐내려 해도 그 한마디가 편두통처럼 관자놀이를 파고들었다.

'되게 넓다. 열 명은 잘 수 있겠어. 침실에 침대도 두 개나

148

있잖아. 거실에 널찍한 소파도 있고. 욕실이 우리집 거실보다 넓은 것 같아. 저기 풍광 봐. 제주 바다가 한눈에 들어온다. 여긴 또 뭐야? 와, 세상에…… 바노야, 이리 좀 와봐.'

스위트룸 한복판에 서서 그가 고개를 내저었다. 은지라면 분명 그의 손을 끌어 넓은 창가로 데려갔을 것이다.

'아름답다.'

이 한마디를 끝으로 조용히 바다를 바라봤을 것이다. 이곳이 얼마나 넓고 화려한지는 그녀에게 그리 중요하지 않았을 것이다. 그냥 나란히 서서 끝없이 펼쳐진 바다를 함께 볼 수 있으면 그것으로 만족했겠지. 은지는 그런 사람이었다.

그 순간 바노의 주머니 속에서 핸드폰이 몸을 떨었다. 화면을 긋자 살짝 들뜬 목소리가 흘러나왔다.

"고객님, 이제 슬슬 나오시죠. 식사도 하시고 잠깐 바람 좀 쐬시는 게 어떨까요?"

"아니요. 저는……."

"로비에서 기다리겠습니다. 아니면 제가 모시러 갈까요?"

"알았어요. 곧 내려가겠습니다."

남자의 기분 좋은 목소리가 전화기 밖으로 사라졌다. 바노가 이마에 손을 얹으며 짧은 한숨을 토해냈다. 대체 이들은 이 여행을 뭐라 생각하는 걸까? 혹여 고객은 평계에 불과한 것이 아닌가. 어쩌면 자신들이 유희를 즐기는 데 필요한 그 럴싸한 핑곗거리인지도 몰랐다. 그들이 무슨 목적으로 동행 했는지 알고 싶지도, 신경 쓸 여유도 없었다. 다만 귀찮을 뿐 이었다. 만약 나가기 싫다고 하면 두 사람은 방으로 쳐들어 올 것이 빤했다.

"그래. 너도 제주까지 와서 호텔에만 있는 거 답답하지?"

진즉에 함께 왔으면 좋았을 것을. 이미 늦었지만, 지금이 라도 은지에게 섬의 아름다움을 보여줘야 했다. 처음부터 추모 여행 따위는 말이 되지 않았다. 처음부터 추모 여행 따위는 말이 되지 않았다. 이곳에 은지를 떠올릴 만한 장소 는 단 한 곳도 없으니까. 그래서 다행일까? 바노가 뒤돌아 현관으로 걸어갔다.

두 사람은 그림자처럼 움직였다. 분명 곁에 있지만 없는 듯 행동했다. 쓸데없이 말을 걸거나 괜한 질문은 하지 않았 다. 그저 조용히 한적한 곳으로 차를 몰았다. 경치가 뛰어난 관광지는 아니었다. 차에서 내린 바노는 인적이 드문 둘레 길을 혼자 걸었다. 새하얀 백사장에 앉아 날아다니는 바닷 새를 보았다. 그리고 잠시 울기도 했다. 그가 자리를 털고 일 어나자 멀리 까만 한 점으로 두 사람이 보였다.

"이별 전문 상담가라고?"

처음에는 웬 사기꾼들인가 싶었다. 이별을 위한 보험이 있다니……. 지금껏 수많은 보험 상품을 경험했지만 이별까지 보험이 적용되리라고는 생각하지 못했다. 보험으로 해결할 수 있는 문제가 아닐 테니까. 엄마가 은지와 어떤 이야기를 주고받았는지, 그 마지막 대화를 알기 위해 여기까지 왔다. 그것도 저 이상한 두 사람과 함께. 그들이 실행한 것이라고는 햇빛 한줌 들지 않는 방에 처박혀 있던 그를 꺼내, 이렇듯 아름다운 섬에 내던진 것뿐이었다. 손에 숟가락을 쥐여주고, 따뜻한 커피 한 잔을 건넸다. 그것이 전부였다. 이것은 진정 보험의 보장일까? 혹여 다른 사람이 원한 일은……. 그 생각이 뾰족하게 가슴을 찔렀다.

"전문가들 맞네."

바노가 혼잣말로 중얼거리고는 쓸쓸히 웃었다.

호텔 방의 벨이 울린 건 늦은 저녁이었다. 룸서비스는 시킨 적 없는데? 바노가 의아한 얼굴로 문을 열었다. 문밖에 서 있는 사람은 검은 양복 차림의 남자였다.

"무슨 일이시죠?"

바노가 물었다. 남자가 긴 한숨을 내쉬고는 입을 열었다.

"좀 들어가겠습니다."

힘없이 들어서는 남자에게 길을 내주었다. 처진 양쪽 어깨가 터벅터벅 안으로 들어섰다. 그 뒤에 말 잘 듣는 강아지처럼 캐리어가 쫄레쫄레 따라왔다.

"무슨 일 있어요?"

"네, 있습니다. 제가 오늘 고객님과 자야 해서요."

제주에 도착한 후로 술은 단 한 모금도 마시지 않았다. 덕분에 정신은 놀라울 정도로 말짱했다. 그런데 한순간 바노는 자신의 두 귀를 의심했다. 오늘 누가 뭘 해야 한다고? 설마 저 캐리어의 용도가 진짜 이곳에서 하룻밤을 보내겠다는 의미야?

"죄송하지만, 지금 무슨 소리를……."

남자가 대답 대신 털썩 소파에 앉아 거칠게 넥타이를 풀어 헤쳤다.

"묻잖습니까? 내가 왜 그쪽이랑 자요. 여긴 내 방입니다. 빨리 안 나가요?"

"누군 여기서 자고 싶어서 이러는 줄 압니까? 나도 당장 여기서 나가고 싶어요. 그런데 오늘은 반드시 내가 여기서 자야 한다잖아요. 어쩐지 방을 하나만 잡으라고 할 때부터 알아봤어야 했는데."

남자가 쳇 소리를 내뱉고는 재킷을 벗어던졌다. 그렇게 오늘밤 자신은 이곳에서 머물 것이라 온몸으로 말하고 있었다.

"혹시 여행 경비 때문에 그럽니까? 그럼 그쪽 방은 내가 대신 계산할 수도…….""

"젠장. 아무리 박봉이라도 호텔 방 하나 정도는 잡을 여유 있습니다. 못 알아들어요? 나도 오늘밤 여기서 자는 게 온몸에 소름이 돋을 만큼 끔찍하다고요."

남자가 짜증을 왈칵 토해내고는 혼잣말처럼 중얼거렸다.

"뭐 답은 직접 몸으로 부딪쳐서 알아내라고? 와, 그 뜻이 이런 의미였어? 어떻게 사람을 이렇게 창의적으로 엿을 먹일 수가 있지? 내가 진짜 오늘을 위해서 말이야, 몸에 좋다는 것들도 꼬박꼬박 챙겨 먹고, 술도 자제하고. 어디 그뿐인 줄 알아요, 속옷도 싹 새것으로…….""

그가 더는 말하고 싶지 않다는 듯 허공에 손을 휘휘 내저었다. 그 즉시 바노의 손가락이 현관을 가리켰다.

"그럼 당장 나가요. 나야말로 미쳤습니까? 호텔 스위트룸에서 당신이랑 자게?"

막상 내뱉고 보니 뉘앙스가 이상했다. 하지만 어쩌겠는가. 이것이야말로 진심인데.

"진짜 몇 번을 말해야 해요. 이게 규칙이라잖아요. 내가 고객님을 밤새워 지켜야 한다고요."

순간 한 가지 생각이 바노의 머릿속을 스쳐지나갔다. 그들이 왜 여기까지 따라왔는지, 먼발치에서 지켜봤는지 그리고 왜 이 시간에 이곳에 앉아 있는지……. 흐릿했던 것들이 조금씩 선명한 윤곽을 드러냈다.

"혹시 지금 내가 생각하고 있는 그것 때문입니까?"

"내가 그쪽이 무슨 생각을 하는지 어떻게 알아요."

남자는 돌연 시선을 피하고 목소리를 낮췄다. 질문의 요지를 정확히 파악했단 뜻이었다.

"진짜 그런 고객이 있었어요?"

바노가 물었다.

"드물지만 전혀 없지는 않았다네요."

남자가 흘낏 눈치를 보며 푸념 섞인 목소리로 말했다. 간혹 추모 여행을 삶의 마지막 여행으로 계획하는 사람이 있었다고 했다. 그 실행은 주로 모두가 잠든 새벽에 이루어졌고, 사람들이 눈치챘을 땐 이미 지상의 여행을 끝낸 후였다고…….

"내가 저 테라스 밖으로 뛰어내릴까봐요? 아니면 이 스위트룸에서 목이라도 맬까봐?"

남자는 대답하지 않았다. 그저 두 팔을 허벅지에 늘어뜨린 채 구부정히 앉아 있었다.

"언제까지 지켜볼 건데요? 내가 집에 돌아가서 실행하는 건 괜찮고?"

"그거야······."

잠시 망설이던 남자가 말을 이었다.

"계약서에 명시된 서비스 기간이 지난 후에는 저희도 일일이 책임을······."

"와, 냉혹한 자본주의."

거실 바닥에는 남자가 아무렇게나 벗어놓은 넥타이와 재킷이 널브러져 있었다. 바노가 그것들을 주워 맞은편 소파 등받이에 걸쳐놓았다.

"오늘 테라스 밖으로 점프하고 싶은 사람은 내가 아니라 그쪽 같은데요?"

제주도에 도착했을 때부터 남자는 기분이 좋아 보였다. 자꾸만 터져 나오는 웃음을 애써 참으려 했다. 그 이유가 무엇인지 바노는 비로소 알 것 같았다. 몸에 좋은 것들을 먹고 속옷까지 새것으로 장만했는데, 결국 호텔 스위트룸에서 시커먼 남자와 하룻밤을 보내야 한다니. 이 말 역시 뉘앙스가 조금 이상하지만 또한 사실이니까. 모르긴 해도 오늘 이 호텔에서 가장 슬프고 괴로운 사람은 바로 눈앞의 남자일 것이다.

"나 대리님 좋아하죠?"

첫 만남부터 느낄 수 있었다. 한 번만 더 이 여자를 함부로 대했다가는 가만두지 않겠다는 살벌한 경고의 눈빛. 그 순수한 분노가 무엇인지 바노는 절대 모르지 않았다.

"혼자 까부는 겁니다. 그 정도로 만족해야죠."

남자가 툭 내뱉었다.

"상대는?"

바노가 물었다.

"멍청한 후배의 장난을 받아주는 정도?"

남자의 입가에 쓴웃음이 지나갔다. 바노가 끙 소리를 내며 자리를 털고 일어났다.

"누가 그러더라고요. 이 세상 누구도 관심 없는 상대에게 장난을 걸진 않는답니다."

"……"

"물론 받아주지도 않고요."

"……"

"괜히 미루다 후회하지 말아요."

바노가 덤덤히 말했다. 남자가 눈을 들어 말끄러미 그를 바라보았다.

"혹시 본 적 있습니까?"

"뭘요?"

"사랑하면서 단 한 번도 후회해본 적 없는 사람이요."

"……."

"나는 한 번도 본 적이 없어서요."

밤이 되자 파도 소리가 가까워졌다. 둥근달이 바다에 은회색 길을 열어놓았다. 별빛이 내려와 치어 떼처럼 길 위에서 뛰어놀았다. 밤은 세상의 밝음을 지우는 대신 반짝이는 것들을 무심한 듯 어둠 속에 흩뿌렸다.

"나는 씻었어요. 피곤할 텐데 어서 씻고 잘 준비해요."

제주도 푸른 밤, 호텔 스위트룸에서 남자에게 이런 말을 하게 될 줄은 전혀 상상하지 못했다. 그런데 그것이 바로 삶이라는 생각이 들었다. 전혀 예측할 수 없어서 바보같이 살 수밖에 없는 것. 지금 이 순간이 내일도, 다음주도 그리고 한 달 뒤에도 계속되리라는 믿음으로 사는 어리석은 존재가 바로 인간이었다.

"걱정하지 말아요. 이상한 짓 하려 했으면 진즉에 했을 테니까."

"저기 죄송하지만, 어…… 어떤 의미의 이상한 짓이죠?"

남자가 두 팔을 교차해 가슴을 가렸다. 바노가 고개를 내저으며 뒤돌아 침실로 향했다.

*

"아침 일찍 내려오셔서 스위트룸과 일반 객실 요금까지 계산하셨습니다. 두 곳에 모두 룸서비스를 주문하셨고요. 네, 맞습니다. 그 남자 손님이요."

이미 모든 계산이 끝났다. 스위트룸은 물론이요, BUC가 묵은 객실 요금까지 깔끔하게 마무리했다. 주문하지도 않은 룸서비스가 왔을 때 설마 싶었다. 남자는 이곳에 추억이 없었을 것이다. 다만 한 번쯤 이렇게 함께하고 싶었겠지. 먼 길을 떠난 그 사람과…….

나 대리가 호텔 방으로 돌아와 넘실대는 바다를 굽어보았다. 파도가 밀려드는 해변처럼 마음이 조금씩 일렁이기 시작했다. 이 낯선 감정이 가슴속 단단하고 뾰족한 것들을 조금씩 마모시키고 있었다. 그녀의 시선이 모래사장에서 반짝이는 동그란 자갈들에 닿았다. 바닷가를 종종거리던 갈매기가 힘차게 날아오르더니 바람에 몸을 맡긴 채 편안히 활공했다.

인간의 삶도 파도에 몸을 맡기는 자갈처럼, 바람에 순응하는 갈매기처럼 그저 편안히 흘러가면 얼마나 좋을까? 그렇게 살 수 없기에 인간에게는 무수한 번뇌가 따르는 것이다.

만물의 영장이라 우쭐대지만 사실 자신의 감정조차 모르는 무지한 생명체가 바로 인간이다. 새는 하늘을 날아오르며 추락을 두려워하지 않는다. 그저 온전히 자유를 만끽할 뿐이다. 그런데 인간은 왜 사랑이 커질수록 두려움도 똑같이 몸피를 키울까. 창밖에 묶여 있던 나 대리의 시선이 문으로 돌아섰다.

안 사원과는 늘 함께 움직였다. 같은 차를 타고 같은 음식을 먹고 같은 방향으로 걸었다. 사무실에 단둘이 남아 야근하고 휴게실 소파에 나란히 누워 잠든 적도 있었다. 좋은 동료이자 선후배였으며 손발이 맞지 않아 자주 삐거덕거리는 골칫덩어리 파트너였다.

어제 일을 떠올리자 또다시 얼굴에 열기가 올라왔다.

잠시 짐만 내려놓고 나가려 했다. 안 사원이 머물 곳은 결국 고객의 스위트룸이 될 테니까. 문을 열자 창밖에 빛나는 에메랄드빛 바다가 펼쳐져 있었다. 새하얀 침대와 그 위에 나란히 놓인 베개, 창가의 작은 테이블과 두 개의 의자, 한낮임에도 은은하게 불을 밝힌 조명까지…… 별다른 것 없는 객실일 뿐이었다. 그런데도 방에 들어온 순간부터 공기의 흐름이 변하기 시작했다. 그 낯섦을 인지하는 스스로가 나 대리는 낯설게 느껴졌다.

"짐은 거기에 대충 내려놔. 어차피 바로 나갈 거니까. 오늘 오후 스케줄부터……."

"선배, 얘기는 밖에서 하죠. 1층에 카페 있던데."

"간단한 일정 조율이야. 무슨 카페까지……. 목말라? 냉장고에 물 있어."

나 대리를 바라보는 안 사원의 얼굴에 허탈한 미소가 지나갔다.

"사람 참 잔인하네. 됐어요. 어차피 일정은 다 나왔잖아요. 나 먼저 내려가서 기다릴 테니까 천천히 와요."

문이 벌컥 열리고 껑충한 뒷모습이 사라졌다. 나 대리가 침대에 풀썩 걸터앉았다. 팽팽하던 공기가 서서히 가라앉는 기분이었다. 혹여 눈치챘을까? 이미 다 나온 일정을 괜스레 운운했던 이유를. 아무렇지 않은 척했지만 불안하게 흔들렸던 시선을. 바다가 내려다보이는 호텔 방에 안 사원과 단둘이 있다는 사실이 생경하고 긴장되었다. 그 어색함에 놀란 사람은 바로 나 대리 자신이었다.

―천하에 나 대리님이 왜 그러세요. 덕분에 애국가 4절까지 불렀단 말입니다. 빨리 내려와요. 안 그러면 나 지금이라도 올라갑니다.

그리고 어쩌면 안 사원 역시 눈치챘는지도 모른다. 그녀의 어색한 표정과 떨리는 목소리를. 핸드폰 화면을 바라보는 나 대리의 얼굴이 붉게 물들어갔다.

　돌아오는 길, 바노는 언제나처럼 침묵했다. 그가 어떤 마음으로 바다를 보고 숲길을 걸었는지 나 대리는 알 수 없었다. 그건 오직 당사자만이 견뎌야 할 시간일 테니까.

　차가 집 앞에 멈췄다. 밖으로 나온 그가 두 사람을 향해 돌아섰다.

　"자, 시키는 대로 얌전히 제주도까지 갔다 왔어요."

　이제 어머니와 그녀가 마지막으로 나눈 대화를 알려달라는 뜻이었다.

　"그럼 차 한잔하실래요? 서류에 사인할 것도 있고요."

　차에서 내린 나 대리가 뒤돌아 걸음을 옮겼다.

　"어디 가는데요?"

　안 사원이 곁으로 다가와 물었다.

　"못 들었어? 차 마시러 간다고. 어느 고객님 덕분에 활동비가 아주 넉넉하게 남았거든."

　"활동비는 무슨? 애초에 나 대리님이 다 떠안으려고 했잖아요. 누가 모를 줄 아나?"

　안 사원의 구시렁거림을 못 들은 척하며 나 대리가 가을 하늘을 올려다보았다. 복잡한 세상이야 어떻든, 그 속에서 인간들이 얼마나 어리석은 삶을 살아가든 자연은 청명한 모습으로 변함없이 고고한 빛을 내뿜고 있었다.

'뭐 대학 안 간다고 했을 땐 나도 마음이 안 좋더라고요. 그즈음 바노 사촌형이 의대에 진학했어요. 그것 때문에 한동안 제 아빠한테 좀 시달렸죠. 그래도 자식 이기는 부모 없잖아요. 아들 인생이 안타깝다고 대신 살아줄 것도 아니고. 주위에서 아무리 수군거리고 비웃어도 그 녀석은 눈 하나 깜짝 안 했어요. 전혀 기죽지 않고 묵묵히 제 갈 길 가는 모습이 대견해 보였죠. 그런데 언제부터인지 초조해하더라고요. 남들 이목도 신경 쓰고, 말 한마디에 예민하게 굴고. 처음에는 막연하게 현실의 벽을 느끼나 보다 싶었는데, 이제 와 다시 생각해보니 그게 아니었어요.'

도시의 하늘은 언제나 탁하고 흐린 회색빛이기만 할까. 이곳에도 엄연히 해와 달이 뜨고, 저녁 어스름이 빌딩숲을 오색으로 물들이는 하늘이 존재한다. 사람들의 눈에 제주의 하늘이 유독 아름답게 보이는 건, 비로소 그 푸른빛과 마주하기 때문이다. 도시의 하늘을 바라본 적 없는 사람들은 자신의 머리 위에 매일같이 펼쳐지는 하늘이 제주의 그것과 닮았다는 걸 인지하지 못한다. 인간이란 원래 그런 것이다.

너무 가까워서 보지 못하고 느끼지 못하며 때로는 이해하지도 못하는 오류를 범한다.

"아메리카노랑 연유 라테 그리고 안 사원 마시고 싶은 것으로 주문해."

자리에 앉기도 전에 나 대리가 말했다.

"선배, 연유 라테 드실 거예요?"

그녀가 대답 대신 손을 휘휘 저었다. 빨리 가기나 하라는 뜻이었다. 주문한 음료가 나오고 테이블 위에 아메리카노 두 잔과 고소한 연유 라테가 놓였다. 나 대리가 바노에게 라테를 건네고는 가방에서 파일을 꺼냈다.

"어머님이 마지막으로 은지 씨와 나눈 메시지를 캡처해서 보내셨어요."

바노가 텅 빈 눈으로 테이블 위 파일을 내려다보았다.

"꼭 이겨야 하는 상대도 아니고, 라이벌은 더더욱 아니죠. 그런데도 이상하게 신경이 쓰입니다. 세상 모든 사람이 비웃어도 괜찮죠. 하지만 그 사람 앞에서만큼은 절대 초라해 보이고 싶지 않아요. 한편으로는 그런 마음을 들킬까봐 자꾸 초조해집니다."

테이블에 고여 있던 시선이 고개를 들었다. 나 대리가 자리에서 일어나자 드르륵 소리와 함께 의자가 뒤로 밀렸다.

"빈속에 쓰고 독한 거 마시지 마세요. 속 긁어봤자 달라지는 거 없습니다. 이 시간부로 저희 케어 서비스는 종료됩니다. 그동안 수고 많으셨습니다. 안녕히 계세요."

나 대리가 문을 향해 걸어갔다. 꾸뻑 고개를 숙인 후 안 사원이 캐리어처럼 뒤를 따랐다.

밖으로 나오자 서늘한 공기가 피부에 와닿았다. 그사이 도시는 어스름에 물들어 있었다. 색색의 네온사인이 하나둘 눈을 떴다.

"뭐예요, 그 수수께끼 같은 소리는?"

"안 사원은 누군가한테 열등감이나 자격지심 느껴본 적 없어?"

"나같이 완벽한 남자는 원래……."

"지금 즉시 사무실에 가서 보고서나 써라. 나 먼저 퇴근할 테니까."

성큼 걸음을 떼는 나 대리를 안 사원이 막아섰다.

"아니, 사람 말을 끝까지 들어봐야지. 누가 단군의 후예 아니랄까봐 성격 참 급하시네."

그가 눈치를 흘낏 살피고는 어깨를 으쓱했다.

"세상에 자격지심이나 열등감 없는 사람이 어디 있어요."

"그런데 그 대상이 사랑하는 사람이라면 기분이 어떨 것 같아?"

"에이, 그건 아니죠. 사랑하는 사람이 잘되면 무조건 좋은 거 아니에요? 나는 우리 나 대리님 승진하면 사무실에 제일 먼저 3단 축하 화환 보낼 건데요?"

"까분다."

하지만 다른 사람도 아닌 안 사원이라면 분명 그러고도 남을 것이다. 그런 생각이 들자 나 대리는 온몸에 오싹한 한기가 느껴졌다.

"그러니까 더 비참해지는 거야. 잘되었다고 무조건 축하해주지 못하는 마음이, 사랑하는 사람에게 초라해 보이는 모습이 몇 배 더 견디기 힘들 테니까."

"하긴 요즘 같은 시대에는 더하겠어요. 어디 갔는지, 뭘 먹었는지, 어떤 것들을 샀는지 실시간으로 업로드되니까. 사랑도 그렇겠죠."

안 사원이 깍지 낀 손을 머리 위에 얹으며 쯧 소리를 내뱉었다.

"사랑은 더 그렇지."

"참 씁쓸하네요. 사랑도 비교되고 경쟁하는 세상이라니."

세상에 똑같은 얼굴과 성격이 존재할 수 없듯, 가치관과 성향이 각자 다르듯, 사랑도 저마다 고유하다는 사실이 점점 퇴색되어가고 있다. 그 진실을 조금 더 일찍 알았다면 남자는 조금 덜 아파했을까? 조금이나마 더 편안한 사랑을 이어갔을까?

"사랑이라는 거, 참 어렵네요."

안 사원이 말했다. 나 대리가 가볍게 어깨를 들썩였다.

"어렵게 생각하면 한없이 어렵지. 단순하게 받아들이면 정말 단순하고."

"그게 어렵다는 겁니다. 언제 단순하게 받아들여야 하는지 정확한 타이밍을 모르잖아요."

안 사원이 말을 멈추고 나 대리를 곁눈질했다.

"그러니까 힌트라도 좀 줘요. 내가 어떻게 해야 하는지."

"뭘 어떻게 해? 말했잖아. 지금 사무실에 돌아가서 보고서 작성하고 퇴근해. 됐지?"

나 대리가 주차장으로 걸음을 옮겼다. 문득 장난을 너무 오래 그리고 심하게 쳤다는 생각이 들었다. 그 결과는 그녀도 알 수 없었다. 앞으로의 일 역시 예감할 수 없었다. 그래서 사랑은 늘 아슬아슬하고 위태위태한 게 아닐까.

"오늘은 체육관에 가서 딱 죽지 않을 정도로만 운동해야지. 좋은 거 먹고 체력 관리하면 뭐 해. 그래봤자 5성급 호텔 스위트룸에서 시커먼 남자랑……."

"남자랑 뭐?"

나 대리가 뒤돌아 싱긋이 웃었다.

"불면의 밤을 보냈죠. 됐습니까?"

안 사원이 걸음을 옮겨 그녀를 지나쳤다. 하늘빛이 고운 가을이었다. 너무 짧고 순식간에 지나가는, 온 세상이 아름답게 물드는 계절은 사랑과 참 닮아 있었다.

"안 사원, 어떤 불면의 밤이었는지 좀 더 자세하게 설명 좀 해봐. 응?"

짓궂은 바람이 날아와 나뭇가지 사이를 뒤흔들었다. 쏴쏴 들려오는 잎의 춤사위가 어쩐지 빗소리를 떠올리게 했다. 마천루 뒤로 사라지는 태양이 세상을 주홍빛으로 물들이고 있었다.

*

쌤, 저 연수 다녀오면 우리 영화 보러 가요. 지난번에 제가 말했던 그 영화, 개봉했어요. 아빠는 시끄럽고 정신 사납다고 영화관 싫어하세요. 바노는 다음 주말에도 근무래요. 아, 모르셨구나. 쉬는 날 맞는데 자진해서 출근한다네요. 원래 바노가 일에 빠지면 주말이고 쉬는 날이고 없잖아요. 몸이 상할까봐 걱정이지만 한편으로는 부러워요. 그렇게 자기 일에 열정을 불태우는 건 아무나 못 하니까. 저요? 저야 뭐 영혼 없이 출근하는 회사원이죠.

하고 싶은 일이요? 전에는 있었던 것 같은데 이래저래 여유가 없다 보니 잊고 살았어요. 재작년인가, 우연히 TV를 보는데 제주도에서 카페 하는 분이 나오더라고요. 그때 '카페는 못 해도 제주도에서 한 달 살기 한번 해볼까?' 구체적으로 계획했다가 그만뒀어요. 그 다음주에 아빠가 위암 판정을 받으셔서⋯⋯.

쌤, 그래서 저는 바노가 되게 부러워요. 저는 공부는 잘했지만, 바노는 스스로에게 잘했잖아요. 인생에서는 그게 더 중요한 것 같아요. 스스로에게 잘하고 집중하는 거. 모르셨죠, 저 어렸을 때부터 바노한테 엄청 열등감 느꼈어요. 왜긴요, 바노 엄마가 쌤이잖아요. 그 덕분에 바노는 하고 싶은 거 불도 저처럼 밀어붙였잖아요. 남 눈치 안 보고 아버지가 반대해도 기죽지 않고. 글쎄요, 이젠 잘 모르겠어요. 제가 뭘 하고 싶은지⋯⋯. 속이 깊은 게 아니라, 저 자신에게 불성실한 거죠. 그러니까 제가 늘 바노에게 열등감을 느끼는 거라고요. 쌤 아드님처럼 인생 화끈하게 살지 못해서. 그럼 우선은 저 연수 갔다 오면 쌤이랑 영화 보러 가고 싶어요. 표 예매합니다. 시간

꼭 비워두세요.

바노가 식어버린 연유 라테를 한 모금 삼켰다. 툭 불거져 나온 목울대가 꿈틀거렸다. 그렇게라도 터져나오려는 울음을 내리눌러야만 했다.

"너나 나나 참 지독한 콤플렉스 덩어리였네."

고이지도 못한 눈물이 종이 위로 떨어졌다. 그는 자신의 사랑이 얼마나 바보 같고 어리석으며 미련했는지 비로소 깨닫게 되었다. 조금…… 아니, 너무 늦게…….

5
계약 이력

나 대리가 손가락으로 톡톡 책상을 두드렸다. 입술 끝을 잘근거리다 볼펜으로 관자놀이를 꾹꾹 눌렀다. 이런 경우는 또 처음이라 어찌해야 할지 도통 감이 잡히지 않았다.

"머리 아파요? 두통약 사다 줘요?"

파티션 너머로 불쑥 얼굴이 솟아올랐다.

"너는 일 안 하고 맨날 나만 보나?"

나 대리가 한쪽 눈썹을 움찔거렸다. 안 그래도 머릿속이 복잡한데 오지랖이 우주만큼이나 광활한 어떤 분 덕분에 집중력이 죄다 흐트러졌다.

"진짜 자의식 과잉이다. 누가 일 안 하고 선배만 봐요?"

안 사원이 의자 바퀴를 굴려 가까이 다가왔다.

"잘 들어요. 나는 말이죠, 일하는 틈틈이 선배를 본다고요."

"아, 진짜. 당장에 이놈의 파트너를……."

"파트너 바꾼다 금지."

안 사원이 두 손가락을 엑스 자로 교차했다. 나 대리가 미간에 힘을 주었다.

"잘 들어. 나는 말이지, 파트너를 바꾸고 싶은 게 아니야. 갈아엎고 싶은 거지."

그 순간 파티션 너머에서 부장의 헛기침이 날아들었다. 누가 들어도 의도적인 신호였다. 둘 다 곱게 갈아 마시기 전에 일에 집중하라는 서늘한 경고. 그 즉시 안 사원의 의자가 원위치로 돌아갔다. 그 모습이 흡사 구멍으로 숨는 생쥐와 다를 바 없었다. 나 대리가 슬쩍 사무실 벽시계를 확인하고는 자리에서 몸을 일으켰다.

"저 오늘 고객 상담 미팅이 있어서요. 다녀오겠습니다."

"오늘요? 오늘은 저희 고객 상담이 한 건도 없는……."

나 대리가 가볍게 발길질을 했다. 안 사원이 짧은 신음과 함께 정강이를 부여잡았다. 쓸데없는 오지랖이 우주만큼 광대한 분이, 정작 눈치는 속눈썹 한 가닥만큼도 장착하지 않아 애통할 따름이었다.

"다녀오겠습니다."

고개를 꾸뻑 숙인 후 나 대리가 서둘러 사무실을 빠져나왔다. 그 뒤를 절뚝이며 안 사원이 따라붙었다.

"저기요, 이보세요. 거기 앞에 가시는 분. 어이, 나 대리?"

마지막 한마디에 바닥을 찍어대던 구두가 멈춰 섰다. 나 대리가 천천히 몸을 돌려세웠다. 절뚝이던 안 사원도 엉거주춤한 자세로 걸음을 멈췄다.

"지금 뭐라 했습니까, 안 사원님?"

"아니, 사람이 부르면 좀 돌아봐야잖아요. 그리고 선배야 말로 아침에 뭐라 했어요. 오늘은 고객 상담도, 현장에서 진행할 일도 없으니까 지금까지 마무리한 케어 서비스 사례별로 정리해서 보고하라고 했잖아요. 그런데 갑자기 고객 상담 미팅이라니……. 우리 한 팀인 거 몰라요? 저도 모르는 고객 상담 예약이 언제 잡혔습니까?"

나 대리가 대답 대신 끙 소리를 내뱉었다. 적어도 아침까지는 그런 줄 알았다. 생각지도 못한 전화가 걸려오기 전까지는……. 그녀가 손끝으로 관자놀이를 긁적였다.

"그게 사실…… 아침에 보험 가입 문의가 들어와서."

"가입 문의를 왜 선배한테 해요? 아는 사람이에요? 그럼 영업 팀에 넘겨요."

정확히 보험 가입이 목적인지, BU 케어 서비스를 원하는

것인지 알 수 없었다. 금방이라도 울 것 같은 목소리만 봐서
는 아무래도 후자 쪽이지 싶었다.

"그게…… 이미 이별 후인 것 같아."

말이 채 끝나기도 전에 안 사원의 입에서 '허!' 소리가 터
져나왔다.

"우리도 엄연한 보험사예요. 암 걸린 후에 암 보험 가입이
가능합니까? 헤어진 후면 당연히 가입이 안 되죠."

안 사원이 말을 멈추고는 한쪽 눈썹을 움찔거렸다.

"그런 일을 왜 선배가 고민해요? 누군데요? 진짜 아는 사
람이에요? 하긴 아는 사람이니까 선배한테 다이렉트로 연락
이 왔겠죠?"

아는 사람은 아니었다. 지금까지 단 한 번도 만난 적 없는
백 퍼센트 타인이었다. 그런 사람이 어떻게 나 대리의 핸드
폰 번호까지 알고 있느냐 묻는다면…….

"우리가 케어 서비스를 해드린 고객과 잘 아는 사이야."

"뭐예요, 그게?"

안 사원이 두 눈에 물음표를 그려넣었다.

"그게……"

나 대리가 말을 멈추고 입술 끝을 잘근거렸다.

'갑자기 전화해서 죄송해요. 이별한 사람들을 위한 보험이

있다고 하던데, 그 서비스해주시는 분 맞죠? 그거 어떻게 가입하는 거예요?'

상대는 이내 울먹이기 시작했다. 어떻게 나 대리의 번호를 알게 되었는지, 누구 소개로 연락했는지조차 언급하지 않았다. 엄마에게 혼난 어린아이처럼 한참을 훌쩍이더니…….

'저 한 번만 만나주시면 안 돼요?'

결국 소리 내어 울기 시작했다. 이것이 오늘 아침 나 대리에게 걸려온 전화 내용의 전부였다. 안 사원이 한 발 가까이 다가와서는 허리를 숙여 나 대리와 눈을 맞췄다.

"계약 이력도 없는 사람을 만나서 이별 사연을 듣겠다고요? 우리는 그걸 BU 케어 시스템의 첫 단계라 부르기로 했어요. 회사는 뭐 땅 파서 장사합니까. 고객도 아닌 사람들 사연까지 일일이 들어주게? 나 대리님, 공과 사 분명하잖아요. 알 만한 분이 왜 이러세요, 진짜?"

안 사원의 말은 정확했다. 고객이 아닌 사람들의 사연까지 일일이 들어줄 만큼 BUC는 한가하지 않았다. 회사 방침에도 어긋나는 행동이었다. 만에 하나 사적인 관계로 상담을 진행하고, 그 사실이 발각된다면 곧바로 징계가 따를 것이다. 괜한 일로 회사에 밉보일 필요는 없었다.

"그냥 해본 소리야. 내가 그렇게 한가한 줄 알아? 나 잠깐

서점 다녀올게. 안 사원은 오늘 퇴근 전까지 보고서 정리해서 메일로 보내."

실연의 아픔을 지닌 이들을 만나는 게 업무였다. 심리학과 정신분석학, 인간관계론에서 철학까지 BUC가 공부할 분야와 학문은 다양했다. 정기적인 교육과 세미나 참석은 의무였다. 활동비에서 일정 금액은 도서 구입비로 지출해야 했다. 덕분에 일과 대학원 공부를 병행하는 이들도 있었고, 그중에는 박사 학위까지 취득한 직원도 있었다.

"그럼 이따 봐."

돌아서는 나 대리를 안 사원이 다시 돌려세웠다.

"귀신을 속이세요."

그가 툭 내뱉고는 걸음을 옮겨 그녀를 지나쳤다. 뚜벅뚜벅 걸어가는 껑충한 뒷모습을 나 대리가 멍하니 바라보았다.

"뭐 해요? 책 보러 간다면서요. 원래 인간의 삶이 한 권의 책 아니겠습니까? 뭐라 쓰였는지 한번 읽어나 보자고요."

안 사원이 몸을 돌린 채 까닥 고갯짓했다.

"내가 이러니 너를 못 갈아엎지."

나 대리가 웃으며 사뿐사뿐 걸음을 옮겼다.

*

    디저트 카페는 4월 같은 곳이었다. 꽃샘추위가 지난 후 시작되는 봄. 햇볕이 적당히 따뜻하고 바람도 알맞게 부드러운 안온한 시간. 손님이 너무 많아 정신없지도, 너무 없어 무료하지도 않았다. 디저트 카페는 서서히 싹이 트는 이른 봄과 닮아 있었다.

    홀 손님들은 계주 선수와 비슷했다. 한 테이블이 가게를 빠져나가면 기다렸다는 듯 다른 손님이 문을 열고 들어왔다. 그러고는 방금 손님이 떠난 테이블에 자리를 잡았다. 홀에 손님이 뜸한 시간이면 배달 주문과 포장 손님이 많았다. 바쁘게 종종거릴 필요는 없었지만, 닦은 테이블을 또 닦거나 가지런히 진열된 컵을 다시 정리할 필요도 없었다. 뭐 마려운 강아지처럼 주인의 눈치를 살피지 않아도 된다는 뜻이었다.

    카페에서 마희가 하는 일은 단순했다. 손님들이 주문한 케이크와 마카롱, 스콘과 쿠키를 각종 음료와 함께 제공하는 것이었다. 카페 아르바이트 경험도 풍부했고 여타 서비스 직종 경력도 있었다. 나름 베테랑인 그녀에게 디저트 카페 일은 어렵지 않았다. 그렇지만 이곳이 마희에게 햇살 좋은 4월

같은 곳이 된 건, 단순히 일이 편해서만은 아니었다.

"마희 씨, 이거 드세요. 누나가 일본 여행 갔다 사 온 거예요. 초콜릿인데 카카오 함량이 높아서 달지 않아요. 마희 씨 단 거 싫어하잖아요."

서준이 내민 상자에는 고양이 모양의 초콜릿 열두 개가 들어 있었다.

"누나요?"

무심결에 튀어나온 한마디에 당황한 사람은 마희 자신이었다. 고맙다는 인사면 충분할 것을 어쩌자고 쓸데없는 질문을 했을까? 하지만 한번 내뱉은 말은 주워 담을 수 없었다. 가공된 초콜릿을 카카오 열매로 되돌리는 것만큼이나 불가능했다.

"작은누나요. 위로 누나만 둘입니다. 어릴 적부터 심부름 무지하게 했죠."

"아, 저는 외동이라서……. 대신 사촌언니랑 친해요. 저희 이모 딸이요. 저랑 한 살 차이인데 어릴 적부터 어울려 다녀서 친자매나 다름없어요."

마희는 묻지도 않은 이야기를 주저리주저리 늘어놓다가 돌연 컵을 정리하기 시작했다. 이상하게 귓불이 화끈거렸다. 서준의 얼굴을 똑바로 볼 수가 없었다.

그는 마희보다 두 살 연상이었다. 그러나 한 번도 그녀에게 하대하거나 말을 놓지 않았다. 마희는 그런 점이 좋았다. 다년간의 경험으로 보아 사회에는 친한 것과 무례함의 차이를 모르는, 비상식적인 사람들이 많았다. 인턴으로 들어간 회사 과장은 그 잘난 '친동생 같아서' 타령하며 그녀의 어깨와 팔을 만졌다. 의류 매장의 팀장은 '마희 씨'라는 이름 대신 주로 '야, 너'라 불렀다. 결국 두 곳 모두 3개월 만에 그만두었는데, 마지막까지 '요즘 것들'이란 소리를 들었다.

"네, 요즘 것들이라서요. 툭하면 여기저기 만지는 과장 너 새끼랑 말끝마다 '야, 너' 하는 팀장 너는 못 견디겠네요. 마지막에는 확 들이받고 나왔어야죠. 왜 얌전히 그만뒀어요?"

첫 회식 날이었다. 마희의 이야기를 들으며 서준은 제 일인 양 분노했다. 술기운에 터트린 푸념이었지만 마희는 어쩐지 속이 시원했다.

"마희 씨, 잘될 겁니다. 힘내세요."

그가 마희의 술잔에 살짝 제 잔을 부딪쳤다. 늘 새벽에 일어나 잠이 모자란 사장은 자리에 앉아 꾸벅꾸벅 졸기 시작했다. 마희는 그날따라 술이 달았다.

서준의 말처럼 처음에는 모든 게 잘되리라 믿었다. 누구나 들으면 알 만한 대학을 졸업했다. '그런 학과도 있어요?' 싶은 분야를 전공했지만, 학점은 높은 편이었다. 어학 점수도 나쁘지 않았다. 짧지만 다양한 인턴 경험도 했다. 그러나 머지않아 알게 되었다. 그 정도 스펙을 가진 사람들은 늦가을 거리에 뒹구는 낙엽만큼이나 차고 넘친다는 사실을.

풀을 찾아 헤매는 누 떼처럼 마희도 소위 말하는 취준생 대열에 합류했고, 취업을 준비하며 틈틈이 아르바이트를 했다. 그러다 아르바이트가 삶의 전부가 되어버리기까지는 그리 오랜 시간이 필요하지 않았다. 온갖 잡일에 야근까지 시키면서 월급은 쥐꼬리 반도 안 주는 회사에서 인턴을 했지만, 미친 듯이 충성했던 건 혹여 모를 정규직 전환을 위해서였다. 이력서를 채우기 위한 그럴싸한 경력이 필요하기도 했다. 그러나 정규직 입사는 생각처럼 쉽지 않았다. 이력서 한 줄에 별 의미가 없다면 차라리 일한 만큼 정직하게 벌 수 있는 아르바이트가 낫다고 생각했다. 그렇게 잠깐의 아르바이트는 어느덧 매일의 삶이 되어버렸다.

마희는 서준의 잘될 거라는 말이 무슨 의미인지 알 수 없었다. 다만 한 가지는 확실했다. 이곳에서 길이 보이지 않는다면 다른 곳에서라도 찾아야 했다. 호주나 캐나다, 아니면 뉴질랜드…… 어디든 상관없었다. 이곳만 탈출할 수 있다면 꽉 막힌 숨통이 그나마 트일 것 같았다.

"네 생각이 정 그렇다면 우선 1년 정도 다녀와. 네 이모도 그러더라. 다 큰 딸 일에 감 놔라 배 놔라 그만하래. 어쨌든 엄마도 몰라. 비용은 네가 알아서 해."

한국을 떠난다 생각하니 마음이 한결 가벼워졌다. 비행기를 타고 두둥실 상공을 나는 기분이었다. 그제야 마희는 새로운 삶에 대한 기대가 샘솟기 시작했다.

시험 점수를 위한 어학 공부 대신 실제 생활에 필요한 회화를 준비했다. 각 나라에 관한 정보를 알아가는 재미도 쏠쏠했다. 딱 1년만 준비해서 떠나자 다짐했는데 생각보다 신경 써야 할 것이 많았다. 무엇보다 돈이 쉽게 모이지 않았다. 1년 계획이 2년으로 넘어가고 어느덧 3년째에 접어들었다. 더는 미룰 수가 없었다. 늦어도 내년에는 어떻게든 한국을 뜨리라 굳게 마음먹었다.

"웹툰 작가 지망생이에요. 정식 데뷔는 못 했어요. 공모전에 연거푸 미끄러진 후에는 자신감도 떨어지고 좀 방황했죠. 그런데 세상이 어디 내 맘대로 되나요? 원래 잘 안되는 게 삶의 기본값이잖아요. 한동안 어시로 일했어요. 혹시 환상 작가님의 〈보인다〉라는 웹툰 아세요? '보통 인간들의 다른 세상'이란 뜻인데, 한국판 히어로물이에요. 거기 배경 채색 담당했어요. 일하면서 배운 것도 많죠. 하지만 저는 강한 액션 쪽보다는 소소한 일상물이 더 맞더라고요. 뭐 요즘은 잔잔한 얘기 안 먹힌다지만, 되든 안 되든 일단 하고 싶은 이야기를 해보자 싶어서 과감히 그만두었어요. 그래야 잘 안 되더라도 후회가 안 남을 것 같더라고요. 지금은 제 작품 준비중입니다. 마침 카페를 배경으로 하는 이야기라 직접 경험해보려고요. 사장님께 양해도 구했죠. 카페 배경이랑 디저트 종류 그려도 되느냐고. 꼭 대박 나래요. 그럼 자연적으로 카페 홍보가 될 테니까. 대박은커녕 데뷔를 할 수 있을지도 모르는데, 입이 방정이죠? 되게 부담스럽네요."

마희는 환상이란 작가가 누구인지, 〈보인다〉라는 작품이 어느 플랫폼에서 연재중인지조차 알지 못했다. 웹툰에 특별한 관심도 흥미도 없었으니까. 그날 처음으로 검색창에 환상 작가와 작품의 이름을 입력해보았다. 별점이 높았다. 댓글 수도 엄청났다. 스크롤을 내리자 '배경 채색 도움: 한서준'이란 이름이 나타났다. 마희의 입가에 엷은 미소가 번졌다.

서준과 처음부터 가까웠던 건 아니었다. 그저 맡은 자리에서 각자의 일만 하는, 어느 아르바이트에서나 쉽게 만날 수 있는 그저 그런 동료일 뿐이었다. 이 확실한 거리에 약간의 지각변동이 생긴 건, 어느 늦은 오후 카페 문을 열고 들어선 손님 때문이었다.

"손님이 아이스 아메리카노 주문하셨습니다. 제가 '아이스 아메리카노 한 잔이요?' 하고 여쭤봤잖아요."

"그럼 내가 주문 잘못하고 생떼 부린다는 거야? 내가 아이스 아메리카노 주문했다는 증거 있어? CCTV 돌려보든가."

반말 주문에 내던지듯 건넨 카드까지…… 진상의 모든 조건을 완벽하게 갖추고 있었다. CCTV에 목소리가 녹음되지 않는다는 건 본인이 더 잘 알 것이다. 물론 입 모양이 찍혔다 해도 무조건 우길 테지만.

"손님, 아이스 아메리카노는 4,500원입니다. 제가 4,500원 결제 도와드린다고 말씀드렸잖습니까?"

"오호라, 이런 식으로 500원 더 버는 거야? 어쩐지 주문도 안 한 아이스를 줄 때부터 알아봤다. 사장이 그렇게 시키든? 이렇게 500원 덤터기 씌우면 네 시급도 올라가나?"

"지금 뭐라고 하셨어요?"

"죄송합니다, 손님. 잠시만 기다리세요. 따뜻한 아메리카노 드리겠습니다. 카드 주세요. 결제 취소한 뒤 재결제 도와드리겠습니다. 주문에 착오가 생겨 죄송합니다."

마희가 서준을 카운터에서 밀어내며 빠르게 말했다. 작정하고 시비를 거는 손님이었다. 이런 진상에게 말려들면 일만 커질 게 틀림없었다. 이럴 땐 그저 조속히 가게에서 내보내는 게 최선이었다. 쓰레기를 꼭 쥐고 있어봤자 손만 더러워질 뿐이니까. 그것이 마희가 다년간의 아르바이트 경험으로 쌓은 노하우였다. 하지만 서준은 이런 상황이 익숙하지 않을 터였다. 진상이 돌아간 후에도 그는 벌게진 얼굴로 혼자서 분을 삭였다.

"비리비리하게 보일지 모르지만, 대학 때부터 취미로 유도를 했어요. 그림을 오래 그리려면 체력 관리가 필수라서. 지금도 도장에 한 달에 너덧 번은 가요."

서준이 짧은 한숨을 내쉬고는 혼잣말처럼 덧붙였다.

"저런 새끼는 기술도 필요 없이 바로 꽂아버릴 수 있는데."

"그래서 말린 거예요. 진짜 뚝배기 깨버릴까봐."

서준이 놀란 시선으로 고개를 돌렸다.

"뚝배기 깨지면 사방으로 파편 튀잖아요. 그거 치우는 거 생각보다 아주 귀찮아요."

마희는 생각하기도 싫다는 듯 절레절레 도리질을 쳤다. 그제야 서준의 입가에도 안도의 미소가 걸렸다.

"고마워요. 말려줘서."

"나도 고마워요. 밀려나줘서."

분명 기분 좋은 경험은 아니었다. 하지만 덕분에 두 사람은 보이지 않는 어떤 힘에 밀리고 밀려났다. 그렇게 주춤주춤 조금씩 거리가 가까워지기 시작했다.

"미안해요. 내가 오늘 정신 못 차렸죠? 사실 어제 마감 좀 도와달라고 급하게 연락이 와서. 일 끝나고 형 작업실에 다녀왔어요. 내 작품 할 시간도 부족한데 이게 뭔 짓인지⋯⋯. 뭐 그래도 페이는 짭짤하게 받았어요. 오늘 나 때문에 마희 씨까지 고생했잖아요. 내가 저녁 살게요."

"요즘 인기 있는 캐릭터로 만든 키링이에요. 마희 씨는 웹툰 안 좋아해서 관심 없으려나? 그래도 귀엽지 않아요? 이거 의외로 구하기 힘들어요. 저도 형한테 부탁해서 간신히 받은 겁니다. 자, 선물이요."

"손 다쳤어요? 이런 피 나네. 지금 컵 깨진 게 문제예요, 사람이 다쳤는데⋯⋯. 잠깐 기다려요. 약국 바로 옆이니까. 괜찮기는 뭐가 괜찮아요. 나는 손이 전부인 놈이라 다른 사람 손 다치는 것도 못 봐요. 그냥 두면 흉 지고 덧납니다. 손님도 없잖아요. 금방 다녀올게요."

"영화 좋아해요? 할인권이 생겼는데 조조라서 좀 힘들겠죠? 아, 그럴래요? 사실 나도 그 생각 했거든요. 영화 같이 보고 출근하면 될 것 같아서⋯⋯."

영화를 보여준 대가로 마희가 팝콘과 콜라를 샀다. 팝콘을 가운데에 두고 두 사람의 손이 상자 안에서 맞닿았다. 마희는 이상할 정도로 영화에 집중할 수 없었다. 눈앞에 펼쳐진 스토리보다 서준의 영화 할인권의 출처가 몇 배 더 궁금했다. 어떻게 얻었는지 미리 물어봤어야 했나? 갑자기 할인권이 생겼다는 건, 클리셰 가득한 영화처럼 진부하기 그지없는 핑계는 아니었을까?

"저거 CG 아니래요. 저 한 장면 찍으려고 감독이 일부러 세트장까지 지었대요."

옆에서 들려오는 나직한 목소리에 마희가 흠칫 놀라 몸을 떨었다.

'할인권 아니에요. 같이 영화 보려고 일부러 조조 핑계 댔어요.'

혹시 그가 진짜로 말하고 싶은 건 이게 아니었을까? 그런 생각이 들자 갑자기 영화관 안이 후텁지근하게 느껴졌다. 팝콘의 버터 향이 너무 강했다. 이마에 땀이 맺히고 머리가 지끈거렸다. 무심코 마신 콜라가 바늘처럼 목을 찔러댔다. 마희가 괜스레 목덜미를 만지작거렸다. 팝콘을 집을 때마다 스치는 손, 귓가를 울리는 나직한 목소리, 두 눈이 마주치면 보이는 엷은 미소. 이 모든 상황이 부드러운 깃털처럼 가슴 한구석을 간질이고 있었다. 너무 달지도 그렇다고 너무 쓰지도 않은, 카카오 함량이 적당한 초콜릿을 먹는 기분이었다. 마희는 여전히 영화가 눈에 들어오지 않았다.

*

멍하니 앉아 있던 여자가 한숨을 내쉬었다.

"좋아하는 사람이 생겼다고 해서, 제가 무슨 생각을 했는지 아세요? 설마 나한테 고백하려나? 그럼 뭐라고 대답하지? 나는 곧 한국을 떠날지도 모르는데? 그 짧은 순간에 머릿속이 정신없이 돌아가면서 금방 터져버릴 것 같더라고요."

여자는 어이가 없다는 듯 이내 헛웃음을 터트렸다.

"그런데 제가 아니더라고요. 그 형이라는 웹툰 작가의 사촌동생, 일러스트레이터라나?"

동그란 두 눈이 또다시 붉게 물들어갔다.

"너무 못된 사람 아니에요? 어떻게 좋아하지도 않으면서 나한테 그래요? 정말 나쁘지 않아요? 이건 어떻게 응징할 방법 없어요?"

"고객…… 아니, 어쨌든 뭔가 오해하신 것 같은데요. 저희는 뭐든 시키면 다 하는 심부름센터나 흥신소가 아닙니다. 더욱이 보험 가입도 하지 않은 상황에서……."

나 대리가 그만하라는 눈짓을 보냈다. 안 사원은 못마땅한 표정을 숨기지 않았다.

"그 보험, 어떻게 가입하는 건데요?"

여자가 울음기 가득한 목소리로 물었다. 나 대리가 조용히 커피 잔을 기울였다. 입안으로 강한 산미가 스며들었다. 책과 노트북을 앞에 둔 손님들이 많았다. 담소를 나누는 목소리보다 키보드를 두드리거나 책장을 넘기는 소리가 더 자주 들려왔다. 도서관처럼 조용하거나 집만큼 시끄럽지 않았다. 카페는 적당한 소음이 필요한 이들을 위한 공간이었다.

"언니분한테 어떤 보험인지 안 물어봤어요?"

여자는 지난번 케어 서비스를 끝낸 강마주 고객의 사촌동생이었다.

"뭐 그냥 가입은 미리 해야 한다고……."

말끝을 흐리는 것을 보니 나 대리의 예감이 맞은 듯했다. 강마주 고객이 직접 전화번호를 알려준 게 아니었다. 여자가 멋대로 알아냈을 가능성이 높았다. 그랬으니 다짜고짜 만나달라며 어린아이처럼 떼를 썼겠지.

"가입하면 저도 그…… BU 케어 서비스 받을 수 있는 거예요?"

"저기요, 고객님……."

안 사원이 말을 멈추고는 나 대리를 향해 중얼거렸다.

"고객님이라는 말이 아주 입에 달라붙었어요. 지난번에는 엄마한테까지 '고객님, 저녁 메뉴 뭐예요?' 했다가 미친놈 소리 들었다니까요."

나 대리가 어금니를 사리물었다. 진짜 고객은 아니지만, 눈물을 보이는 상대 앞에서 괜한 농담은 금물이었다. 입 다물라는 소리 없는 경고를 못 들은 척하며 안 사원이 말을 이었다.

"어쨌든 이건 보험 가입을 했느냐, 안 했느냐의 문제가 아닌 것 같습니다. 엄밀히 말하면 정식 이별이 아니죠."

"하지만 사람 마음 가지고 장난친 거 맞잖아요."

"듣고 보니 정말 괘씸하네요. 저희가 조금은 도와드릴 수 있을 것 같아요."

나 대리가 말했다. 그 즉시 여자의 얼굴이 아침 햇살처럼 밝아졌다.

"정말요?"

"선배."

여자와 안 사원이 동시에 그녀에게 시선을 던졌다.

"저는 잠깐 화장실 좀……."

안 사원이 어색한 웃음을 남긴 채 자리를 박차고 일어났다. 껑충한 뒷모습이 사라지기 무섭게 나 대리의 핸드폰이 몸을 떨었다.

　선배, 보험 가입 여부는 차치하더라도 이건 절대 이별이 아니죠. 친절 과잉이 문제이긴 하지만, 요즘이 어떤 시대인데요. 아는 이성과 충분히 밥 먹고 술 마시고 영화 볼 수 있잖아요. 직업이 웹툰 작가 지망생이라면서요. 솔직히 영화 보는 것도 창작 활동의 일부 아닙니까? 아, 물론 선배는 다른 사람과 절대 안 그랬으면 좋겠지만……. 어쨌든 말이죠, 이건 사귀다가 헤어진 게 아니라 그냥 썸 탄 거예요. 그 이상도 이하도 아니에요. 이런 경우에는 절대 한 사람 말만 들어서는 안 된다고요. 원래 기억이라는 게 제멋대로 조작된단 말입니다. 상황에 따라 얼마든지 부풀렸다 축소됐다 하잖아요. 고객도 아니고 이별도 아닌데 우리가 도와주긴 뭘 도와줘요. 아니, 도와줄 방법이 있기나 합니까?

　짧은 사이에 이토록 장문의 메시지를 보내다니, 눈치가 이렇게 빠르면 얼마나 좋을까? 나 대리가 재빨리 핸드폰을 무음으로 바꿨다. 잠시 뒤 자리로 돌아온 안 사원이 의자에 앉으며 나 대리의 팔을 건드렸다. 그만 일어나자는 뜻이었다.
　"저희가 그분의 마음을 돌려드리겠습니다."

"서준 씨요?"

나 대리가 고개를 끄덕였다.

"미치겠네."

안 사원이 나직이 중얼거렸다.

"그게 가능해요? 이미 좋아하는 사람이……."

"가능하다면 그분과 사귈 의향이 있으십니까?"

나 대리가 이렇게 묻고는 빠르게 덧붙였다.

"말씀하신 대로 그 남자분이 정식으로 고백한다면 받아주실 겁니까?"

"말이 안 되잖아요."

"저희에게 도움을 요청하셨죠? 그 뜻인즉 BUC를 신뢰한다는 의미 아닙니까? 저희는 절대 지키지 못할 약속은 드리지 않습니다."

"있잖아요, 세상에 절대라는 건……."

묵직한 구두 굽이 안 사원의 발등을 사뿐히 지르밟았다.

"말씀만 하세요. 그분이 며칠 안으로 마희 씨에게 고백하게 만들겠습니다."

"선배? 납치, 감금, 폭행, 고문은 BUC 지침서에 나오지 않는다는 걸 상기하심이……."

"어떡할까요?"

나 대리가 안 사원의 말을 자르며 물었다. 여자가 손톱 끝을 물어뜯었다. 그렇게 한참 침묵하던 그녀가 조심히 입을 열었다.

"됐어요. 나도 뭐 그 사람이 되게 좋아서 그런 건 아니에요. 그냥 농락당한 것 같아서 좀 억울했을 뿐이에요."

"그 남자분이 마희 씨에게 진심으로 고백했으면 어땠을까요? 기뻤을까요? 행복했을까요?"

나 대리를 바라보는 여자의 동그란 두 눈이 흔들렸다.

"혹시 마희 씨도 딱 그만큼이 좋지 않았어요? 한마디로 정의할 수 없는 모호하고 야릇한 관계. 덕분에 마음껏 상상하고 혼자서 즐거워할 수 있는, 아무것도 책임지지 않아도 되는 그만큼의 안전거리를 유지하는 거요."

여자가 화가 난 건, 어쩌면 상대 때문이 아닌지도 몰랐다. 그저 스스로의 유희를 잃어버린 상실감과 그에 따른 불쾌한 감정일 뿐이었다. 상대가 아닌 미묘한 관계 자체를 즐겼을 테니까.

"썸도 은근히 중독됩니다. 그 이상은 귀찮고 두렵거든요."

썸이란 환상의 안개가 걷히면, 비로소 사랑이 제 본모습을 드러낸다. 두 사람의 관계가 또렷해질수록 상대에 대한 실망과 미움이 커지고 자연스레 후회와 아픔이 따라붙는다.

간섭과 책임도 불편하고 답답하겠지. 익숙함과 권태가 찾아오면 사랑을 속삭이던 입술로 아무렇지 않게 날 선 말들을 내뱉을 것이다.

"소위 썸 탄다고 하는데 그 대상이 꼭 사람인 것만은 아닙니다."

"사람이 아니면 뭐랑……."

"삶이요. 정확히는 눈앞의 또렷한 현실."

여자가 원하는 것이 진짜 해외에서의 삶인지 알 수 없었다. 혹여 그 가능성만을 꿈꾸는 게 아닐까? 그렇기에 이런저런 상황을 문제삼아 이곳을 떠나지 못하는 게 아닐까? 새로운 세상에서 부딪힐 현실의 문제가 두려워서, 그곳에서조차 길을 찾지 못할까봐, 실망하고 후회할까봐 섣불리 마지막 한 걸음을 떼지 못하는 것이 아닐까? 막상 마음에 둔 상대가 고백했을 때 주춤 뒤로 물러나는 것처럼…….

여자의 불안한 시선이 테이블 위로 떨어졌다.

"나는 어쩌면 서준 씨보다 그 사람의 열정을 좋아했고, 그 사람이 좋아하는 상대가 아니라 그 사람의 꿈을 질투했는지도 몰라요. 계속 깨지고 부서지면서도 결국 자신이 결정한 길을 묵묵히 가니까. 그 용기가 참 부럽고 질투 나더라고요."

"다들 그렇게 삽니다."

나 대리가 말했다. 테이블에 고여 있던 여자의 시선이 정면을 응시했다.

"사랑이든 삶이든 누구나 다 그렇게 깨지고 부서지며 살아요."

특별한 용기나 굳은 신념으로만 앞으로 나아가는 건 아니다. 그저 그렇게 습관처럼 발을 내딛는 것이 삶이다. 돌부리를 피할 방법도, 함정을 예측할 줄도 모른다. 비나 눈이 오면 요령껏 피해 가지도 못한다. 바보처럼 차가운 눈비를 고스란히 맞고 흠뻑 젖는다. 삶도 사랑도 다들 그렇게 살아간다. 실망하고 후회하고 권태기가 찾아오면 모진 소리도 듣는다. 그리고 상대에게도 똑같이 내뱉는다. 결국 직접 부딪쳐볼 수밖에…… 뾰족한 방법이 없다.

"그러네요. 삶이랑 모호한 관계도 그만 정리해야겠네요. 되든 안 되든 부딪쳐봐야죠."

"그러다 보면 사랑도 시작될 겁니다."

나 대리가 말했다.

"그 전에 저희 BU 케어 보험을 들어두시는 게 좋아요. 그래야 진짜 이별이 찾아왔을 때 BUC의 다양한 케어 서비스를 받으실 수……."

"그럼 저희는 그만 가보겠습니다."

나 대리가 자리에서 일어났다. 안 사원도 몸을 일으켰다. 너무 조용해도 안 되고 너무 시끄러워도 안 되는, 그 미묘한 소음을 원하는 사람들이 책과 모니터를 앞에 두고 앉아 있었다. 나 대리가 뒤돌아 카페를 나왔다.

*

"어떻게 알았어요? 저 고객…… 아니, 여자분의 진짜 속마음이요."

카페를 나서기 무섭게 안 사원이 물었다.

"몰랐어. 내가 어떻게 알아."

나 대리가 가볍게 어깨를 으쓱해 보였다.

"진짜요? 그럼 저 여자분이 진심으로 그 썸남을 원했다면, 고백받게 해달라고 했으면 어쩌려고 그랬어요?"

"글쎄, 만약 그랬으면 또 다른 방법을 찾았겠지."

"와, 진짜. 선배, 이렇게 대책 없는 사람이었어요?"

"원래 다 그렇게 대책 없이 사는 거야. 안 사원은 뭐 대책 있어서 매번 그렇게 눈치 없이 행동해?"

"그래도 일관되게 살잖아요. 대책도 없고, 눈치도 없고."

"아, 네. 참 올곧은 삶이시네요."

나 대리가 빈정거리며 입술을 비죽였다. 안 사원이 뒤돌아 유리벽 너머를 보았다.

"그러고 보면 나도 전에는 카페에서 공부하고 그랬는데 여전하네요."

"백색소음이 집중력에 좋다잖아."

"꼭 백색소음 때문만은 아니었어요."

안 사원의 시선이 카페 너머, 그의 한 시절을 되짚어갔다.

"핑계일지도 모르지만, 도서관이나 집에서 공부하면 이상하게 불안했어요. 비슷한 처지에 있는, 어쩌면 경쟁자일지 모르는 사람들이 로봇처럼 책에 집중하는 모습을 보면 숨이 막혔거든요. 제가 공부한다고 하면 발조차 조심조심 내딛는 가족들도 은근히 신경 쓰이고. 기대 섞인 눈빛으로 저를 보는 것 같아서 혼자 괜스레 좀 그랬던 것 같아요."

"요즘도 카페에서 공부하는 사람이 있잖아?"

나 대리가 물었다. 안 사원이 가볍게 고갯짓했다.

"뭐 그렇긴 하죠. 그래도 카페니까. 커피 마시러 오는 사람, 대화하는 사람이 더 많잖아요. 뭐라 설명할 수 없는데…… 그냥 그 여유 속에 머물고 싶었나봐요. 약간의 현실도피였다면 너무 과장인가?"

삶에 부딪쳐라. 도전하고 쟁취하라. 채찍질만 하기엔 현실

은 사람들에게 냉정하고 가혹했다. 그렇게 앞으로 한 발 나
아가지 못하고 주춤거리게 만드는 것이 바로 삶 자체니까.

"나는 사실 마희 씨 이해해요. 썸에만 머무르고 싶은 마음
이 뭔지 알 것 같으니까. 가끔 지독한 현실보다 상상에 기대
살아갈 수 있는 지구상의 유일한 생물이 인간 아니에요?"

안 사원이 피식 웃고는 나 대리를 향해 고개를 돌렸다.

"하지만 나는 이제 미묘한 관계, 안 좋아하게 됐어요."

"무슨 소리야?"

안 사원이 무릎에 손을 얹고 그녀와 눈을 맞췄다.

"썸 같은 거 싫다고요. 확실하게 그다음 단계로 가죠?"

나 대리가 손을 뻗어 안 사원의 넥타이를 천천히 잡아끌었
다. 코앞까지 딸려 온 얼굴이 금방 터질 듯 붉게 달아올랐다.

"그다음 단계가 뭔데?"

그녀의 가느스름한 눈빛에 안 사원이 마른침을 꿀꺽 삼켰
다. 목울대가 거칠게 꿈틀거렸다.

"아니, 선배. 그렇다고 이렇게 갑자기 단계를 막 건너뛰면
내가 진도를 못 따라……."

나 대리가 넥타이 매듭을 힘껏 위로 당기자 곧바로 컥 소
리가 터져나왔다.

"잔말 말고 이 건까지 보고서에 꼼꼼하게 집어넣어. 알았

어?"

　맑은 햇살이 쏟아지다 금세 흐리기를 반복했다. 태양과 구름이 썸이라도 타는지 기묘한 날씨였다. 콜록거리는 소리를 놔둔 채 나 대리가 나릿나릿 길을 걸었다.

6
담보별 보장 내용

핸드폰 화면에 뜬 이름을 보며 정민은 자신의 두 눈을 의심했다. 모든 연락이 차단된 줄 알았다. 그런데 상대에게서 먼저 전화가 걸려 왔다. 마지막으로 얼굴을 본 것이 3일 전이었다. 집 근처였고, 사하는 새벽 공기보다 싸늘한 시선으로 그를 노려보았다. 이제 끝이라며 제발 그만하라고 소리치던 그녀가 먼저 연락하다니……. 정민이 서둘러 전화를 받았다.

"어, 나야."

태연한 척해도 목소리가 멋대로 떨렸다.

"정민 씨, 잠깐 통화 가능해?"

"그래. 괜찮아."

정적이 흐른 뒤, 귓가에 짧은 한숨 소리가 들려왔다.

"내가 미안해, 정민 씨."

사하의 목소리에서 물기가 툭툭 묻어 나왔다.

"있잖아, 내가 정민 씨를 너무 오해했어. 그러니까……."

생각지도 못한 반응이었다. 그는 하마터면 손에 쥔 핸드폰을 놓칠 뻔했다. 전화기 너머에서 사하는 울었다. 잘못을 사과했고, 자신을 용서하라며 애원했다. 그 소리는 이른 아침 새의 지저귐 같았다. 진한 커피 향처럼 향긋했고, 그 어떤 세레나데보다 달콤했다. 그의 입가에 한 줄기 미소가 지나갔다.

"괜찮아. 이제라도 알았으면 됐어. 진정하고. 이따 끝나고 회사 앞으로 데리러 갈게."

"응. 고마워. 나 앞으로 정말 잘할게."

사하가 먼저 전화를 끊었다. 정민이 한쪽 입꼬리를 말아 올렸다.

"다행이네. 완전 바보는 아니라서."

그가 꺼져버린 핸드폰 화면을 보며 중얼거렸다. 모든 것이 제자리를 찾아가 다행이었다. 그러나 마음 한구석에는 약간의 허탈감도 남아 있었다. 생각보다 너무 빨리 그리고 일찍 게임이 끝나버렸다. 아무렇게나 활시위를 당겼는데 화살이 모두 10점대에 명중한 기분이랄까?

"네가 이제라도 정신을 차려서 다행이긴 한데……."

정민이 메신저를 열어 메시지를 보냈다.

─점심 맛있게 먹어.

전송 버튼을 누르기 무섭게 답장이 날아왔다.

─응. 정민 씨도.

혹시나 하는 마음에 간단한 테스트를 해봤다. 역시나 모든 차단은 풀려 있었다. 하트가 가득한 화면을 보자 입에서 저절로 풋 소리가 터져나왔다.

"아, 사하야! 또 너무 갑자기 이러면 오빠 힘 빠지잖아. 나는 이제야 슬슬 게임 시작하려는데, 총알 장전도 하기 전에 백기 투항하면 재미가 있겠어요, 없겠어요? 내가 처음부터 너 단순한 건 잘 알고 있었거든. 그런데 이 정도로 쉽다면……."

정민이 말을 멈추고 미간에 주름을 만들었다. 어쩐지 석연치 않은 냄새가 풍겼다.

"설마 그사이 누굴 만난 건 아니겠지?"

생원두를 씹은 듯 갑자기 입이 썼다. 하지만 이내 도리질을 쳤다. 만약 그랬다면 분명 꼬리가 잡혔을 것이다. 사하의 하루는 자신의 손안에 있다 해도 과언이 아니었다. 가는 곳이나 만나는 사람마저 대부분 정해져 있었다. 생활은 단순했고 동선도 거의 똑같았다. 간혹 자신을 피해 길을 에둘러 돌아가거나 버스에서 한 정거장 먼저 내린 적은 있었다. 그 따위 잔머리를 굴려봤자 소용없었다. 손오공이 아무리 멀리 날아간들 부처님 손바닥 위 아닌가.

다른 남자와 같이 있다? 상상만으로도 욕지기가 올라왔다. 자신의 인간관계에 그가 얼마나 민감한지 사하도 모르지 않았다. 만약 누군가와 단둘이 있었다면 그의 레이다망에 이미 포착되었을 것이다. 사하 주변에 의심을 살 만한 남자는 없었다. 적어도 지금까지는…….

"거봐. 결국 너는 나밖에 없어."

하지만 역시 이상했다. 3일 전만 해도 그가 모습을 드러내기 무섭게 진저리를 쳤던 그녀가 전화를 했다. 아니, 먼저 연락한 것으로도 모자라 참회의 눈물로 잘못을 빌었다. 아무리 생각해도 뭔가 석연치 않았다.

"한 팀장."

부장의 목소리에 그가 튕기듯 자리에서 일어났다.

"일본에서 나머지 디자인 샘플도 보내달라는데? 이번에도 그쪽 애들 아주 잘 구워삶았어."

"아닙니다."

정민이 멋쩍은 웃음을 짓고는 자리에 앉았다. 일본 출장만 아니었다면, 사하를 혼자 두지 않았을 것이다. 그가 없는 3일 동안 그녀의 신변에 갑작스러운 변화라도 생긴 것일까? 결론만 보자면 그리 나쁜 일도 아니니 크게 신경 쓸 필요 없었다. 하지만 업무가 좀처럼 손에 잡히지 않았다. 그가 손에 쥔 볼펜 끝을 입에 물고 잘근거렸다. 오늘따라 하루가 너무 길었다.

맞은편에서 걸어오던 사하가 그를 발견하고 반갑게 손을 흔들었다. 대충 훑어본 옷차림은 그럭저럭 봐줄만했다. 짧은 스커트도, 몸에 딱 붙는 청바지도 아니었다. 반대로 너무 펑퍼짐하거나 요란한 무늬의 옷도 아니었다. 그녀는 무릎을 살짝 덮는 상아색 원피스에 검은색 재킷 차림이었다. 깔끔하고 단아해 보였다. 그의 입가에 만족스러운 미소가 지나갔다.

"정민 씨, 오래 기다렸어?"

"나도 방금 왔어. 오늘 예쁘네."

"날씨 점점 추워진다. 어디 들어가자."

사하가 먼저 돌아섰다. 정민이 다가가 가만히 그녀의 손을 움켜잡았다.

"어디 가는데?"

"이 근처에 초밥집 새로 생겼는데 가격도 괜찮고 되게 신선하대."

초밥이라는 말에 정민의 미간에 주름이 잡혔다.

"왜? 정민 씨도 초밥 좋아하잖아."

'아니야?' 하고 되묻는 눈빛으로 사하가 방긋거렸다. 그가 선웃음을 지으며 고개를 끄덕였다.

"좋…… 좋아하지."

정민은 날것을 좋아하지 않았다. 일본 출장 때도 주로 덮밥과 돈가스를 먹었다. 하지만 사하가 좋아하는 음식이 초밥이라 했다. 적어도 그때는 필사적이었으니까. 그녀가 꿈틀거리는 산낙지나 팔딱거리는 생새우를 좋아한다고 했어도 선뜻 입에 넣었을 것이다.

"그런데……."

정민이 걸음을 멈췄다. 사하가 고개를 돌렸다.

"누가 그랬어? 근처에 초밥집 생겼다고?"

"얼마 전에 우리 팀에 신입이 들어왔거든. 나처럼 초밥 좋아한대. 그래서 알려주더라."

"신입?"

사하가 그럴 줄 알았다는 눈빛으로 소리 내어 웃었다.

"여자야. 결혼도 했어."

이 말을 끝으로 그녀가 먼저 걸음을 옮겼다. 그가 천천히 뒤를 따랐다.

골목 뒤쪽에 위치한 초밥집은 눈에 띄지 않는 작은 가게였다. 그럼에도 초밥 종류가 다양했다. 유부와 소고기, 채식주의자를 위한 샐러드 초밥과 김밥도 있었다. 그도 무리 없이 먹을 수 있었다.

"연어 먹어봐. 싱싱해서 되게 고소해."

"난 괜찮아. 일본 출장 가서 많이 먹었어."

"아, 출장 갔었구나."

사하가 혼잣말을 하며 초밥을 우물거렸다.

"응. 출장 다녀온 사이에 무슨 일이 있었던 거야?"

언제 마지막으로 함께했는지 기억나지 않았다. 사하와 이렇듯 도란도란 이야기를 할 수 있다니, 정민은 지금껏 쌓인 짜증과 분노가 녹는 기분이었다. 왜 마음이 변했는지…… 아니, 정신을 차리게 되었는지는 시간을 들여 천천히 물어봐도 될 터였다. 하지만 언제나처럼 조급증이 일어났다. 가슴이 답답해 참을 수가 없었다. 그가 입가에 애써 미소를 그려넣고는 사하의 대답을 기다렸다.

"뭐라고 말하면 좋을까? 멘토의 조언이 있었다고나 할까?"

그녀가 젓가락을 입에 문 채 허공을 응시했다. 멘토라는 말이 귀에 거슬렸지만, 정민은 최대한 부드러운 목소리로 물었다.

"갑자기 멘토라니? 누구?"

"우리 고모랑 고모부."

아, 친척 어른이라면 전혀 문제되지 않았다. 머릿속을 팽팽하게 압박하던 끈이 느슨해지는 기분이었다. 정민이 소고기 초밥을 입에 넣었다.

"어떤 조언인데?"

"굳이 한마디로 정리하자면 내 어리석은 사랑에 대한 일깨움이라고나 할까?"

어리석은 사랑이라니, 다소 유치하게 들리지만 오랜만에 듣는 사랑 타령도, 그녀의 반성 어린 눈빛도 나쁘지 않았다. 아니, 입안에 가득 퍼진 육즙처럼 진하고 고소해 곱씹어보고 싶었다. 정민이 계속해보라는 눈짓을 했다.

"처음에는 정민 씨가 나를 많이 구속한다고 생각했어."

'구속?'이라고 되묻는 그에게 '처음에는'이라고 강조하며 사하가 혀를 내밀었다. 연인의 관심과 사랑을 고작 구속이라 표현하다니, 저런 어린아이 같은 투정이 매번 그의 신경을 건드렸다.

"정민 씨가 내 옷차림부터 만나는 사람까지, 하나부터 열까지 다 간섭했잖아."

사회가 많이 변했다고는 하나 여자에게는 여전히 거칠고 위험한 세상이었다. 천박한 옷차림을 지적했을 뿐이다. 쓸데없는 관계를 정리하길 바랐다. 든든한 울타리 역할을 자처하는 연인에게 악담을 토해낸 사람이 바로 저 어리석고 답답한 여자였다. 그때를 생각하니 또다시 짜증이 울컥 솟구쳤다. 정민이 어금니를 꽉 사리물고는 선웃음을 지었다. 뭐가 어찌되었든 간에 그녀가 3일 만에 제정신으로 돌아온 이유부터 알아내야 했다.

"우연히 정민 씨 이야기를 고모랑 고모부에게 하게 됐어."

"내 이야기를?"

"응. 내가 전에 얘기 안 했나? 어릴 때 잠깐 할머니랑 살았었거든. 그때 고모가 엄마처럼 돌봐줬어. 나한테 고모는 엄마나 마찬가지야."

금시초문이었다. 사하에게 고모가 있다는 얘기는 한 번도 들은 적이 없었다.

"나는 처음 듣는 얘긴데?"

사하가 엷게 웃으며 간장에 고추냉이를 풀었다.

"고모부랑 결혼하신 후 곧바로 해외로 나가셨어. 지금도 중국, 몽골, 필리핀, 베트남, 라오스, 일본까지…… 거짓말 조금 보태서 전 세계를 상대로 무역업을 하시거든. 그렇게 큰

규모는 아니지만 어쨌든 바빠서 자주 못 봐."

"무역? 품목이 뭔데?"

'자세한 건 잘 몰라' 하고는 사하가 덧붙였다.

"그런데 돈은 되게 잘 버시는 것 같아."

정민이 속웃음을 삼켰다. 말이 좋아 무역업이지, 소위 말하는 보따리 장사가 분명했다.

"두 분에게 무슨 이야기를 했는데?"

"그건 정민 씨가 직접 들으면 안 돼?"

"직접 듣다니?"

사하가 손을 들자 종업원이 테이블로 다가왔다.

"여기 낙지 초밥 있죠?"

"네."

"싱싱해요?"

"그럼요."

"주세요."

잠시 뒤 테이블 위에 초밥이 올라왔다. 묻는 말에 대답은 안 하고 웬 낙지 초밥일까? 정민이 의아한 눈빛으로 초밥과 사하를 번갈아 보았다.

"우선 이것부터 먹고 얘기하자."

사하가 초밥에 고추냉이가 가득한 간장을 묻히고는 정민

에게 건넸다.

"나? 나 먹으라고?"

"응. 낙지가 몸보신에 좋다잖아."

그녀가 양 볼을 붉히며 은밀한 미소로 말했다. 그 즉시 정민의 미간이 일그러졌다. 그가 생선회보다 더 싫어하는 것이 입안에서 미끈거리는 낙지였다.

"왜? 내가 일부러 생각해서 주문했는데."

그가 상반신을 뒤로 빼자 사하는 서운한 표정을 숨기지 않았다.

"안 먹으면 얘기 안 해줄 거야."

이럴 줄 알았으면 초밥을 좋아한다는 얘기는 하지 말 걸 그랬다. 하지만 너무 늦어버렸다. 이제 와 모든 것이, 그러니까 하나부터 열까지 철저하게 계획된 일이라고는 밝힐 수 없잖은가.

"빨리, 아!"

정민이 두 눈을 질끈 감고 입을 반쯤 벌렸다. 그 사이를 초밥이 꾸역꾸역 비집고 들어왔다. 비릿한 향과 물컹한 식감이 퍼지는 순간 온몸에 소름이 돋았다. 하지만 진짜 지옥은 따로 있었다. 초밥을 씹기 무섭게 강력한 고추냉이가 코를 폭발시켰다.

"잘 먹네, 우리 정민 씨."

사하가 아이처럼 손뼉을 짝짝 치며 웃었다. 하지만 정민의 귀에는 아무 소리도 들리지 않았다. 기침을 할 때마다 온몸의 구멍이 죄다 열리는 기분이었다.

'쉽게 만났다가 쉽게 헤어지는 요즘 같은 시대에 이만큼이나 상대를 아껴주는 사람이 어디 있느냐고…… 고모가 우리 엄마한테 한참 이야기했어. 생각해보니 정민 씨가 나를 사랑해서 이런저런 조언을 해준 건데, 내가 너무 이기적이었던 것 같아. 정민 씨 없는 3일 동안 나름대로 생각을 좀 정리했지. 왜 사람들이 그러잖아, 떨어져 있을 때 상대가 얼마나 소중한지 알게 된다고. 그래서 말인데, 우리 고모랑 고모부 한번 만나볼래? 너무 부담 갖지 말고. 조만간 다시 출국하실 거야. 가기 전에 정민 씨 꼭 보고 싶다고 하셔서…….'

양치하고 가글까지 했는데도 여전히 입에 고추냉이 냄새가 가득했다. 정민이 고개를 들어 거울 속의 충혈된 두 눈과 마주했다.

'다 큰 딸 일에 엄마가 나서면 안 된다는 거 잘 알아요. 우리 사하와 사귀면서 아껴주고 사랑해준 사실은 고마워요. 처음에는 나도 사하가 '드디어 좋은 짝을 만났구나' 하고 많이 기뻐했어요. 딸아이가 나를 닮아 정이 많고 여린 구석이 있습니다. 세상을 너무 야박하게 살면 안 된다고 입버릇처럼 말했는데, 그래서인지 맺고 끊는 걸 잘 못해요. 이럴 줄 알았으면 그렇게 순하고 착하게만 키우지 말 걸 후회되네요. 단도직입적으로 말할게요. 우리 사하, 그쪽이랑 끝났어요. 더는 만나고 싶지 않다고 명확한 의사를 밝혔잖아요. 앞으로는 절대 찾아오거나 연락하지 마세요. 자꾸 우리 사하 괴롭히면 경찰에 신변 보호를 요청할 겁니다.'

일주일 전이었다. 회사 앞에서 그녀를 기다리는데, 중년 여성이 가까이 다가왔다. 그녀는 자신이 사하의 엄마라 말하고는 저렇듯 불쾌한 이야기를 아무렇지 않게 쏟아냈다. 기본적인 예의나 교양은 물론이고 생각조차 없어 보였다. 사하의 어리석은 행동이 어디에서 왔나 싶었는데, 엄마를 보니 곧바로 답이 나왔다.

"신변 보호 같은 소리 한다. 어디서 주워들은 건 있어서……. 그게 요청만 하면 재깍재깍 되는 줄 아시나? 무슨 증거로? 무슨 명목으로? 모르면 가만히나 있지."

그가 쳇 소리를 내뱉고는 미간을 구겼다. 입안이 여전히 싸하고 비릿했다.

'요즘 같은 시대에 이만큼이나 상대를 아껴주는 사람이 어

디 있느냐고…… 고모가 우리 엄마한테 한참 이야기했어.'

고작 보따리장수라 해도 넓은 세상을 보는 사람은 역시 뭔가 있었다. 신변 보호 운운하는 누군가와는 차원부터가 달랐다. 비록 그렇다 해도 사하의 친척 어른을 만나는 게 정민으로서 썩 달가운 일은 아니었다.

"뭐야. 나 없는 사이에 철든 것도 모자라, 아예 발목까지 잡겠다는 건가?"

결혼을 생각하니 기분이 오묘했다. 사하가 싫은 건 아니었다. 그렇다고 진지하게 결혼을 생각한 적도 없었다. 다만 그녀가 다른 남자를 사랑한다 생각하면, 뱃속에 살아 있는 문어를 집어넣은 것처럼 속이 뒤틀렸다. 정민이 손끝으로 천천히 턱을 쓰다듬었다.

"어쨌든 고모라는 사람에게 점수를 따놓아서 나쁠 건 없겠지."

주로 해외에서 생활한다 하니, 앞으로 자주 볼 일은 없을 것이다. 대충 인사 몇 마디 하면 그만이었다. 무엇보다 신변 보호 운운했던 사람의 시누라고 하지 않는가. 때리는 시어머니보다 백만 배는 얄미운 존재. 혹시 또 모를 일이다. 그 집에 통쾌하고 재미있는 일이 벌어질지.

"그래, 내가 또 연기 하나는 기가 막히잖아. 제대로 구워삶

아주지 뭐."

정민이 웃자 거울 속의 남자도 양 입술 끝을 말아올렸다.

어느 정도 예상은 했지만 두 사람은 무엇을 상상하든 그 이상이었다. 몸에 걸친 옷들은 하나같이 고가 브랜드였고, 목과 팔과 손가락과 가슴에는 번쩍이는 금붙이들이 휘감겨 있었다. 머리부터 발끝까지 화려함의 극치를 보여줬는데, 과 유불급이라는 사자성어가 딱 들어맞는 모습이었다. 나 돈 좀 있다고 과시하고 싶어 온몸이 근질거리는 전형적인 졸부 들이었다.

"반가워요. 조카사위."

여자, 그러니까 고모가 먼저 악수를 청했다. 붉은 하이라 이트를 넣은 갈색 머리가 나풀거렸다. 정민이 맞잡은 오른 손에는 두 개의 금반지가 끼워져 있었다.

"귀한 시간 내주셔서 감사합니다."

그가 말하자 고모가 왼손으로 입을 가리며 웃었다. 정민의 시선이 붉은 비취반지에 닿았다.

"우리 조카사위는 명함이 없으신가?"

남자, 그러니까 고모부가 물었다. 그 역시 목에 금목걸이 를 두르고 있었는데 자전거 체인과 비슷한 굵기였다. 그 번쩍거림이 100미터 밖에서도 한눈에 들어올 것 같았다.

"아, 예."

정민이 지갑에서 명함을 꺼냈다. '조카사위? 누구 맘대로'하고 생각하며 그가 속웃음을 흘렸다.

"음, 좋은 회사 다니네. 우리는 명함 같은 거 없어."

예상은 빗나가지 않았다. 역시 말이 좋아 무역업이라는 것이었다.

"내가 말을 좀 놓아도 되지?"

"예, 그럼요."

이미 놓고 있잖습니까. 속마음은 이번에도 선웃음으로 대신했다. 촌스럽고 과한 패션이 전부가 아니었다. 두 사람에게서는 한마디로 단정할 수 없는 기묘한 분위기가 풍겼다. 짙은 색조 화장을 한 여자도, 늙은 개처럼 볼살이 늘어진 남자도 좀처럼 나이를 가늠하기 어려웠다. 옷차림이나 외형만 보면 쉰을 훌쩍 넘은 중년이었지만, 얼핏 스치는 눈빛과 미소가 날카롭고 오묘했다.

"정민 씨, 뭘 그렇게 생각해?"

사하가 손을 툭 건드렸다. 쓸데없는 긴장을 했단 생각에 그가 멋쩍은 미소를 보냈다. 어차피 오늘을 끝으로 더는 볼일이 없을 것이다. 대략적인 분위기만 맞춰주면 그만이다.

첫 만남에 식사는 무겁다고 했다. 그렇게 약속 장소는 카페로 정했다. 테이블 위에 커피 잔이 놓이고 고모부가 말끄러미 그를 보았다.

"요즘 자네처럼 여자 위해주고 지켜주며 사랑에 헌신하는 젊은이도 참 보기 드물어. 아무리 세상이 변했다고 해도 말이야, 여자는 일단……."

고모부라는 남자가 쏟아내는 말들이 틀린 소리는 아니었다. 그의 말처럼 사하에 대한 자신의 마음은 간섭이 아닌 관심이었다. 구속이 아닌 사랑이었다. 그런데 정작 타인을 통해 그것을 확인받으니 입안에서 낙지가 꿈틀대는 듯 역한 느낌이 들었다. 이들은 사하의 친척일 뿐, 자신과는 전혀 관계가 없는 사람들이었다. 앞으로 어떻게 될지 알 수 없지만, 적어도 지금은 낯선 타인에 불과했다. 굳이 고모나 고모부라 생각할 필요가 없었다. 정민의 시선이 여자의 붉은 머리카락에 닿았다. 남자의 굵은 금목걸이가 햇살에 반짝였다. 정민은 두 사람을 레드와 옐로라 명명했다.

"다들 바쁜 사람들이야. 이상한 소리 하지 말고……."

레드가 남편의 말을 자르고는 정민을 향해 빙긋이 웃었다. 붉은 입술이 길게 양옆으로 벌어지자, 공포 영화 속 피에로처럼 괴괴해 보였다.

"실례지만 키와 몸무게가 어떻게 돼요?"

생각지도 못한 질문이 날아들었다. 정민이 '네?'라고 되물었다.

"정민 씨, 키 175센티미터 맞지? 몸무게는 70킬로그램. 그사이 살 좀 빠진 것 같긴 한데."

대답은 엉뚱하게도 사하에게서 나왔다.

"175에 70이라……."

레드가 혼잣말하며 고개를 끄덕였다.

"혹시 아픈 곳은 있나? 수술한 적은?"

남자, 그러니까 옐로가 묻고는 다시 덧붙였다.

"아니, 이상하게 생각하진 마. 뭐니 뭐니 해도 남자는 힘 아니겠어?"

"힘이 아니라 건강이라고 건강. 몇 번을 얘기해?"

레드가 짜증 가득한 표정으로 남편의 말을 정정했다. 정민이 의아한 얼굴로 고개를 갸웃거렸다. 이러다가 정말 곧 날을 잡자고 달려드는 게 아닐까? 그런 생각이 들자 넥타이가 꽉 조여진 듯 숨통이 막혀왔다.

"정민 씨가 이해해요. 이 사람이 참 저렴한 단어만 골라 써서. 회사도 좋은 곳인데, 그럼 매해 건강검진은 꼬박꼬박 받겠네요. 사하가 내 딸이나 마찬가지라서. 우리 정민 씨가 사하를 오랫동안 지켜주기 위해선 아무래도 건강이 제일 중요하니까요."

연봉이나 통장 잔고를 묻는 것보다는 그나마 다행일까? 지금까지 단 한 번도 사하와 구체적인 미래를 상상해본 적이 없었다. 더욱이 그녀의 어머니는 아주 고상한 목소리로, 내 딸 앞에서 꺼지라고 하지 않았는가. 대체 이 둘은 무엇을 어디까지 예견하고 있을까? 정민은 그들이 던지는 질문의 의도를 전혀 파악할 수 없었다.

"네. 지금까지 특별히 문제된 곳은 없습니다. 아주 건강한 편입니다."

대답이 아주 만족스럽다는 듯 두 사람이 격하게 고개를 주억거렸다. 고갯짓이 아주 크고 격하게 느껴질 정도로.

"하긴 그렇게 건강하니 우리 사하를 밤낮없이……."

옐로는 이번에도 말을 끝내지 못했다. 레드가 남편의 허벅지를 꼬집고는 따뜻할 때 마시라며 음료를 권했다. 커피는 이미 미지근하게 식어 있었다.

"무역업을 하신다고 들었습니다."

정민이 슬쩍 대화의 방향을 돌렸다. 옐로가 의자 등받이에 비스듬히 몸을 기댔다.

"무역이라고 말할 정도는 아니고. 그냥 고객들에게 필요한 물건을 대주는 정도야. 어디를 가나 돈 있는 사람들은 취향이 독특하잖아."

"우리는 VIP들만 상대하거든요."

레드가 호록 소리를 내며 커피를 마셨다.

"주로 어떤 품목을……."

"일 얘기는 나중에 천천히 할 날이 있을 거야. 원한다면 우리 VIP 고객들을 소개해줄 수도 있고."

"농담이에요, 농담. 이 사람이 이렇게 허튼소리를 잘해요."

남편의 어깨를 팡팡 때리며 레드가 소리 내어 웃었다. 정민은 저들이 말하는 고객이 누구인지 짐작할 수 있었다. 돈 있는 VIP들이라고? 그래봤자 A급 가짜 명품을 찾는 졸부들이나 상대하는 게 아닐까? 저들이 두르고 있는 옷을 보면 그럴 확률이 아주 높았다.

"잠깐 실례하겠습니다."

정민이 예의 바른 몸짓으로 자리에서 일어났다. 신발 속에 돌멩이가 들어간 듯 뭔가 불편하고 불쾌했다. 단순히 사하의 친척 어른을 만났기 때문만은 아니었다. 고모 내외에게서 풍기는 기묘한 분위기가 뾰족하게 신경을 긁어댔다. 저들이 하는 일은 고사하고 정확한 정체조차 가늠되지 않았다. 그가 잔뜩 구겨진 인상으로 화장실 문을 열었다. 긴장과 불쾌감 탓인지 갑자기 강한 요의가 느껴졌다.

소변기에 바투 다가가 바지 지퍼를 내렸다. 그 순간 문이 삐거덕 열리더니 사하의 고모부, 즉 옐로가 안으로 들어섰다. 정민의 당황한 동공이 크게 부풀어 오르고 어깨가 절로 움츠러들었다. 동시에 소중한 곳까지 함께 고개를 숙였다.

"나 신경 쓰지 말고, 집중하던 일이나 마저 끝내."

옐로가 세면대에 물을 틀고는 천천히 손을 닦았다.

"날벌레를 손으로 잡았어. 여기 위생 상태가 별로인가봐? 휘휘 쫓을 때 딴 데로 날아가면 좋잖아. 왜 군이 주위를 날아다녀서 제 명을 단축하는지 몰라. 사람 귀찮게."

그가 귀찮은 표정으로 쯧 소리를 내뱉었다. 그사이 정민은 재빨리 바지 지퍼를 올렸다.

"아, 네. 그렇죠."

"손 씻어야지. 제대로 마무리 못 한 것 같은데."

옐로가 한 걸음 옆으로 비켜섰다. 정민이 가까이 다가가 손을 씻었다.

"우리 사하, 정말 사랑하나?"

이런 질문을 화장실에서, 그것도 볼일을 본 직후에 들을 줄은 전혀 몰랐다. 더욱이 다른 사람도 아닌 그녀의 친척에게서 말이다.

"가지고 싶지? 딴 놈한테 빼앗기기 싫어."

은근하고 번들거리는 눈빛으로 옐로가 그의 어깨를 때렸다. 다른 사람이 사하를 물건 취급하는 건 참을 수 없었다. 가진다니, 빼앗긴다니…… 그건 오직 정민 자신만이 할 수 있는 말이자 생각이었다. 그가 두 사람에게 불편함을 느낀 건 바로 이 때문이었다. 그들은 묘하게 자신의 속마음을 꿰뚫고 있었다. 옐로의 말이 날카로운 화살촉이 되어 가슴 깊은 곳에 명중했다.

사하를 처음 본 순간부터 갖고 싶었다. 남에게 절대 빼앗기기 싫었다. 지금까지 그의 삶이 줄곧 그래왔다. 원하는 것은 어떻게든 손에 넣어야 했다. 하고 싶은 건 반드시 해야만 했다. 차라리 부숴버릴지언정 제 것을 남에게 넘긴 적은 없었다. 싫증난 장난감, 다 읽은 책, 하물며 작아진 옷이 고스란히 쓰레기통으로 들어갔다. 적어도 정민이 보는 곳에서만큼은 그랬다. 그것들을 받고 즐거워할 누군가를 떠올리면 머리끝까지 화가 치솟았다. 어디에 처박혀 있는지도 모를 토끼 인형을 이웃집 아기에게 준다 했을 때, 그는 온 방을 뒤져 인형을 찾아냈다. 그날 토끼 인형은 귀와 꼬리가 잘린 채 쓰레기통에서 발견되었다. 그것이 정민의 삶이었다.

사하가 그만하자 했을 때, 그가 떠올린 건 그녀를 갖게 될 또 다른 누군가였다. 그 생생한 장면을 떠올리자 숨을 쉴 수 없을 정도로 강한 분노가 치밀어올랐다. 그에게 사하는 적어도 낡은 토끼 인형보다 가치가 있었다. 결코 남에게 넘길 수 없는 존재였다.

"왜 대답을 안 해? 우리 사하, 사랑하지 않아?"

"사랑하죠."

사하를 처음 만난 곳은 동네 편의점이었다. 커다란 점퍼에 수면 바지를 입고 나온 것으로 보아 집이 근처라 생각했다. 그녀는 진열대 가장 높은 곳에서 컵라면을 꺼내려다 아슬아슬하게 쌓아놓은 라면 탑을 건드렸다. 그중 몇 개가 정민의 발밑으로 떨어졌다. 죄송하다며 연신 고개를 숙이는 모습이 어리숙해 보였지만 귀여웠다. 두번째로 만난 곳 역시 같은 편의점이었다. 처음과 달리 머리부터 발끝까지 단정한 차림이었다. 퇴근 후 편의점에 들른 게 틀림없었다.

"야, 뷔페면 어때. 신선하고 맛만 있으면 되지. 우리 회사 바로 옆 건물 3층. 아니, 그쪽 말고 1층에 데브리너스 있잖아. 뭐가 멀어, 너희 집에서 지하철로 고작 세 정거장이다. 5번 출구라고 몇 번을 말해. 한두 번 왔어? 다음주까지 개업 기념으로 이십 퍼센트 할인 행사한대. 6시에 끝나니까 넉넉하게 30분에 보자. 금요일이라 사람 많아. 늦게 가면 자리 없을지도 몰라."

음료수를 손에 쥔 채 사하가 총총히 편의점을 빠져나갔다. 지하철 5번 출구에서 가까운 곳. 1층에 커피숍이 있고 3층에 개업한 뷔페. 신선하고 맛있다는 것으로 보아…….

'초밥을 좋아하시네요.'

핸드폰을 보던 정민이 씩 웃었다.

"그럼 우리 사하를 위해 뭐든지 할 각오가 되어 있나?"

갑작스러운 목소리가 멍한 정신을 깨웠다. 이 역시 화장실에서 듣기에는 조금, 아니 대단히 이상한 질문이었다.

"무슨……"

말끝을 흐리는 정민을 향해 옐로가 한쪽 입꼬리를 말아 올렸다.

"간, 쓸개 다 빼줄 자신 있냐고."

"네?"

"농담이야, 농담. 그만 나가지."

황금 목걸이가 어깨를 툭 때리고는 화장실을 나갔다. 넋 빠진 얼굴로 서 있던 정민이 거칠게 팔을 쓸어내렸다. 춥지도 않은데 피부에 오스스 소름이 돋아 있었다. 하지만 괜스레 신경 쓸 필요는 없었다. 어차피 오늘을 끝으로 다시 만날 일은 없을 테니까. 적어도 그때까지는 그렇게 생각했다. 이 카페를 나감과 동시에 더는 사하의 고모 내외와 만날 일은 없으리라고…….

　—정민 씨, 나 오늘 이 옷 입고 출근할 거야. 괜찮지? 단정해 보이잖아.

　—정민 씨, 오늘 이 대리님이 점심 같이 먹자 했는데, 내가 먼저 여사원들 단합 모임이라고 했어. 잘했지? 그런데 정민 씨는 점심 어디서 누구랑 먹어?

　—정민 씨, 끝나고 우리 회사 앞으로 올 거지? 오늘은 초밥 말고 생선회 먹을까? 근처에 낙지탕탕 잘하는 곳 있다는데.

　—정민 씨, 벌써 20분이나 지났는데 내 메시지 확인 안 하네? 그렇게 바빠? 메시지 보는 데 10초도 안 걸릴 텐데.

　오늘 무슨 옷을 입고 어디서 누구와 무엇을 먹느냐는 질문은 정민의 몫이었다. 그 간단한 물음에 사하는 점점 더 진저리를 쳤다. 그걸 왜 일일이 보고해야 하느냐며 언성을 높였고, 숨이 막힌다며 화를 냈다. 급기야는 미쳤다는 말까지 서슴지 않았다. 그러고는 마지막 카드처럼 이별을 꺼내 들었다.

　그랬던 사하가 이제 말하지 않아도 스스로 자신의 일거수 일투족을 보고하기 시작했다. 아니, 단순히 보고하는 것을 넘어 정민에게도 똑같은 보고를 요구했다.

—정민 씨.

—있잖아, 정민 씨.

—뭐 해, 정민 씨?

하루에도 수십 통씩 문자와 메시지, 부재중 전화가 날아들었다.

—갑자기 왜 이러는 건데?

—사랑하니까. 사랑이 관심이라는 것을 정민 씨를 통해 배웠어.

그는 절대 바보가 아니었다. 사하에게선 다분히 의도적인 냄새가 났다. 너도 한번 당해봐라 한다면 얼마든지 그 연극에 동참해줄 수도 있었다. 그런데 사하의 변화에는 그 이상의 무언가가 있었다. 단순한 유치함이나 투정이 아니었다. 정확히는 그녀와 그들에게…….

회사 앞에서 두 사람을 만난 건 우연이었다. '어이, 조카사위!' 하고 소리치는 옐로에게 고개 숙여 정중히 인사했다. 그렇게 두 사람과 간단한 인사를 나누고 곧바로 헤어졌다. 문제는 그 장면을 지나가던 과장이 봤고, 조카사위라는 소리를 명확하게 들었다는 것이었다. 정민이 사무실에 들어서기 무섭게 사람들은 질문을 퍼붓기 시작했다. 청첩장과 식장 예약, 아파트와 빌라, 전세와 월세, 신혼여행지와 2세 계획까지 물었다. 옆 부서 사람들까지 축하한다며 정민에게 악수를 청했다. 정말이지 당장 내일이라도 결혼하지 않으면 큰일이 날 듯한 분위기였다. 하지만 이 모든 것은 우연이 불러온 작은 해프닝이라 믿었다. 안타깝게도 그 믿음이 깨지기까지는 그리 오랜 시간이 필요치 않았지만.

"대체 뭐야? 회사 앞은⋯⋯ 그래, 백번 양보해 만날 수 있다고 치자. 근처에 백화점이 있으니까. 그런데 식당, 주유소, 마트에서도 봤어. 내가 가는 곳마다 두 분이 있단 말이야. 어제는 내가 다니는 헬스장에서 옐로⋯⋯ 아니, 고모부를 만났어. 일주일에 두 번밖에 안 가는 곳인데."

처음에는 우연, 두번째는 의심, 그 후로는 또렷한 확신이 생겼다. 이 모든 만남의 정확한 의도가 무엇인지를.

"아니야. 나는 정말 고모랑 고모부가 정민 씨와 그렇게 자주 마주쳤는지 몰랐어."

"마주친 게 아니라 내가 가는 곳마다 따라다닌다고."

그들은 정민에게 은근한 미소를 남겼다. 손을 살짝 든 후 조용히 뒤돌아섰다. 그것이 전부였다. 처음처럼 아는 척을 하거나 가까이 다가오지 않았다. 그저 우리가 여기 있다는 표시만 남긴 채, 그렇게 자신들의 존재를 그에게 확인시킨

후 곧장 사라졌다. 가끔은 어딘가로 전화를 걸었는데, 통화하는 내내 시선은 줄곧 정민에게 고정되어 있었다.

"이런 식으로 복수를 하겠다는 거야?"

모든 정황상 결론은 하나였다. 갑작스레 변한 사하와 불현듯 나타난 두 사람. 이들의 계획이 무엇인지 충분히 눈치챌 수 있었다. 유치하고 치졸하며 천박한 연극이었다. 더는 얌전히 두고 볼 수가 없었다.

"그런 게 아니라니까."

평소라면 짜증을 왈칵 토해냈을 것이다. 그렇지만 사하는 조용히 말을 이었다.

"모르겠어. 두 분이 왜 자꾸 정민 씨 주위를 맴도는지. 그냥 정민 씨가 마음에 든다는 얘기만 했어. 이번에 출국할 때 여행 겸 같이 나가는 건 어떻겠냐고 그것만 물어봤어."

'나?' 하고 그가 황당한 표정을 짓자, 사하가 순진한 얼굴로 고개를 끄덕였다.

"우리 둘 말이야. 날짜만 잡으면 고모가 항공권부터 숙박, 여행 경비까지 다 책임진다고 했거든. 말했잖아, 우리 고모랑 고모부 제법 부자라고."

사하의 두 눈이 어떤 기대감으로 반짝였다.

"이왕 말 나온 김에 우리 좀 멀리 다녀올까? 좋잖아. 날짜만 잘 조율하면 완전히 공짜로 다녀올 수 있는데. 정민 씨는 휴가 며칠까지 뺄 수 있어?"

말 나온 김에 정하자며 그녀가 핸드폰을 꺼내 날짜를 확인했다.

"나는 최대 3일까지 뺄 수 있는데 그럼 토, 일까지 하면……."

"지금 뭐 하는 거야?"

정민이 물었다. 동그란 두 눈이 그를 마주하고는 빙긋이 웃었다.

"가자. 날짜는 우리가 최대한 정민 씨에게 맞출게."

"우리?"

"나랑 고모, 고모부. 걱정 안 해도 돼. 어차피 두 분은 일 때문에 바쁠 거고, 여행은 우리끼리 하면 되니까."

사하와 처음 만난 날 확신할 수 있었다. 머지않아 인연이 되리라는 사실을. 새로운 인연이 되는 건, 아니 만드는 건 생각보다 간단했다. 약간의 노력으로 얼마든지 가능하니까. 사람들이 거창하게 생각하는 운명이나 인연 따위는 단순하고 유치한 게임에 불과했다. 적어도 그에게는 잘 짜인 각본에 지나지 않았다. 이번에도 예상을 벗어나지 않았다. 그는 이 모든 연극이 그저 그런 협박만이 아님을 감지할 수 있었다. 그를 떼어놓으려는 의도 그 이상의 무언가가 존재했다. 그렇지 않고서야 그토록 집요하고 비상식적인 모습으로 나타나진 않았을 테니까.

"그 사람들…… 아니, 그분들은 대체 뭘 파는 거야?"

정민이 다시 물었다. 사하가 어깨를 가볍게 으쓱했다.

"정확히는 몰라. 그냥 이것저것이라고 했어."

단순히 그를 조카에게서 떼어내기 위함이 아니라면, 이 모든 유치한 연극에 또 다른 명백한 목적이 있다면, 이건 절대 가볍게 생각할 일이 아니었다. 사하가 그를 완벽하게 모르듯, 그 역시 사하를 백 퍼센트 아는 건 아니니까. 처음에는 그가 만든 미로에 사하가 갇혔다고 생각했다. 문을 열어주기 전에는 절대 빠져나갈 수 없으리라 믿었다.

'실례지만 키와 몸무게가 어떻게 돼요?'

'혹시 아픈 곳은 있나? 수술한 적은?'

'그냥 고객들에게 필요한 물건을 대주는 정도야.'

'우리는 VIP들만 상대하거든요.'

'우리 사하를 위해 뭐든지 할 각오가 되어 있나? 간, 쓸개다 빼줄 자신 있냐고.'

그런데 어쩌면 사하는 그보다 더 큰 미로 속에 그를 가둬놓은 것인지도 몰랐다. 편의점에서의 첫 만남, 그의 앞에서 갑자기 컵라면을 떨어뜨리고 큰 소리로 친구와 통화한 것까지…… 이 모든 우연의 연속이 혹여 치밀하게 계획된 행동은 아니었을까? 그에게서 벗어나려는 몸부림조차 잘 짜인 각본은 아니었을까?

"무슨 생각을 그렇게 해?"

사하의 웃는 모습이, 붉은 입술을 뒤틀며 웃던 레드와 겹쳐 보였다.

"미안한데, 나 또 일본 출장 잡혔어."

"갑자기? 그런 말 없었잖아."

이 당혹감과 실망의 눈빛은 과연 진실일까? 그는 이제 사하의 행동과 목소리, 사랑을 속삭이는 입술과 미소까지 그어떤 것도 온전히 믿을 수 없게 되었다.

"일본에서 갑작스레 연락이 와서 급하게 잡힌 일정이야."

"언제? 며칠이나 다녀오는데? 그럼 출장 끝나면……."

"다녀와서도 한동안 바쁠 거야. 미안하지만 당분간 연락 자주 못 해. 네가 연락해도 일일이 답해주기 힘들어. 나 이번 일에 승진이 걸렸거든."

사하는 아쉬워했고 외로워했으며 실망 가득한 표정을 지었다. 하지만 정민의 눈에는 그 너머의 무언가도 함께 보이기 시작했다. 마치 착시 그림처럼……. 인터넷에 떠도는 착시 그림을 본 적이 있었다. 그림 속에 전혀 다른 모양이 숨어 있거나, 배경인 줄 알았던 여백이 또 다른 그림이 되곤 했다. 이 그림들의 공통점은 한번 착시를 찾아내면 처음으로는 절대 돌아갈 수 없다는 것이었다.

그가 사하의 눈을 피해 고개를 돌리자 유리벽 너머에 무언가 어른거렸다. 순간 온몸에 솜털이 쭈뼛 일어섰다.

"뭘 보고 그렇게 놀라?"

사하의 시선도 자연스레 밖으로 향했다.

"아니야. 좀 피곤해서 그래."

유리벽 너머로 한 쌍의 남녀가 웃으며 지나갔다. 두더지처럼 시도 때도 없이 튀어나오는 어떤 인간들 때문에 이제 비슷한 모습만 봐도 저절로 숨이 막혀왔다. 그가 목구멍까지 치솟는 욕설을 집어삼키고는 주먹을 꽉 움켜쥐었다. 우선 이 빌어먹을 인간들에게서 벗어나야 했다. 그것이 정신과 육체의 안전을 위해서도 가장 시급한 일이었다.

*

몇 번의 우연한 마주침, 그때마다 수줍게 내보이던 미소, 초밥과 영화를 좋아했고, 커피와 산책을 즐겼다. 놀랍도록 통하는 면이 많았다. 보이지 않는 인연의 붉은 실로 이어진 게 아닐까? 영화나 소설에나 나올 법한 운명적 만남이라 여겼다. 그렇게 믿을 수밖에 없었다.

인연이 된 후 비로소 알게 되었다. 그는 초밥보다 우동과 메밀국수를 더 자주 먹었고, 영화관에서는 곧잘 잠이 들었으며, 산책보다 드라이브를 더 좋아했다. 하지만 짐짓 모른 척했다. 상대의 입맛과 취향에 맞추려고 노력했다는 점이 오히려 고마웠다. 이쪽에서도 노력하는 모습을 보여주고 싶었다. 사랑은 어느 한쪽의 희생이 아니라 서로 조금씩 맞춰 가는 과정이니까. 그가 싫어하는 옷차림은 되도록 하지 않으려 했다. 이성과 함께하는 모임도 자제했다. '조금만 양보하자', '조금만 숙이고 들어가자' 하고 자신을 다독였다. 잦은 연락도, 매일 같은 만남도 모두 그만의 사랑 표현이라 믿었다. 하지만 그 믿음과 신뢰는 이내 굵은 밧줄이 되어 조금씩 온몸을 옥죄어왔다. 영혼까지 상처 입히기 시작했다.

어떤 옷을 입고 출근했는지, 누구와 점심을 먹었는지, 회식은 꼭 참석해야 하는지, 남자 직원은 몇 명이고 연령대가 어떻게 되는지, 그들이 유부남인지 미혼인지, 친구들의 생일 파티에 꼭 참석해야 하는지, 그녀들의 남자 친구들은 왜 동행하는지…….

"그만하자. 이러다 숨막혀 죽겠어."

결국 그가 원하는 것이 사랑이 아님을 알게 되었다. 눈에 빤히 보이는 답을 애써 외면하려 했고 그 결과는 처참했다. 헤어짐이 이토록 힘든 것인지 전에는 미처 깨닫지 못했다. 아니, 꿈에서조차 상상하지 못했다.

"그게 참…… 저희도 딱히 해드릴 게 없네요. 물질적으로나 신체적으로 피해를 줬다는 명백한 증거 없이는 법적으로 제재를 가하기가 어렵죠. 스토킹이라는 게 정말 모호해요. 전혀 모르는 관계도 아니고 전에 사귀었던 연인 사이라면, 또 미련이 생겨서 찾아올 수도 있고 하는 거라, 그런 것까지 일일이 법으로 제재할 수가 없어서……."

회사와 집, 자주 가는 식당과 쇼핑센터까지도 그가 나타났다. 그가 옭아맨 밧줄은 영혼의 살갗을 파고들어 좋은 기억마저 아프게 상처 입혔다. 이제 남은 것이라고는 순수한 두려움과 증오뿐이었다. 상대에게 이별을 이해시키는 건 불가능했다. 그 어떤 이유와 논리도 소용없었다. 대체 무엇이 어디서부터 어떻게 잘못되었는지 알 수 없었다. 미친 사람은 상대가 분명했다. 그런데 서서히 미쳐가는 건 사하 자신이었다.

사설 경호원 이야기가 나오는 와중에 엄마가 낡은 서류를 꺼내 들었다.

"저번 모임에서 마주 엄마가 갑자기 검은 양복 입은 사람들이 어쩌고 하더라. 그때는 그냥 넘겼는데 불현듯 옛날에 가입한 보험이 생각나지 뭐니. 어쨌든 이별은 이별이니까. 속는 셈 치고 상담이라도 받아보자."

이별이라는 말조차 입에 담기 싫었다. 이건 명백한 괴롭힘이고 범죄였다. 법의 보호조차 제대로 받을 수 없다는 점에서 더더욱 사람을 위축시켰다. 그러니 뭐라도 해야 했다. 어떻게든 이 아프고 힘든 올가미에서 벗어나야 했다.

그렇게 검은 양복 차림의 두 사람을 만났다. 그들은 자신들을 BUC, 즉 이별 전문 상담가라 소개했다. 그러고는 나 대리와 안 사원이라며 정중히 고개를 숙였다.

나 대리가 무표정한 얼굴로 말했다.

"지독한 망상에 빠진 환자예요. 자신만이 참사랑이고, 자기 생각만이 옳다고 믿어요. 고객님 몸에 줄을 매달고 자신이 원하는 방향으로만 움직이려 합니다. 이런 환자는 아무리 이성적이고 논리적으로 반박해도 전혀 소용없어요. 가장 위험한 이별이 될 겁니다."

만약 이성이나 논리로 이야기가 통했다면 애초에 경찰을 찾을 일도 없었을 것이다. 한 번도 본 적 없는 사람들에게 지난 일을 낱낱이 보고할 필요도 없었겠지. 사하가 망연한 얼굴로 힘없이 고개를 끄덕였다. 나 대리가 태블릿 피시를 꺼내 화면을 넘기며 말했다.

"어머님과 고객님이 보내주신 자료만 봐도 알 수 있어요. 처음부터 철저히 계획적으로 접근했습니다. 우연한 만남이 반복돼서 필연이라 느낄 수 있게 말이죠. 사랑이 아니라 사냥을 한 겁니다."

사냥이라는 말에 사하는 관자놀이가 벌떡였다. 누군가 자신의 목을 지그시 누르는 기분이었다.

"그럼 어떻게……."

화면에 시선을 둔 채 나 대리가 말을 이었다.

"그쪽이 먼저 덫을 놓았잖아요. 우리 쪽에서도 덫을 설치해야겠죠. 망상은 더 큰 망상으로 잡는 겁니다. 자기 꾀에 자기가 넘어가도록 말이죠. 도망쳐봤자 소용없어요. 사냥 본능만 더 자극할 겁니다. 힘드시겠지만 먼저 다가가세요. 그 뒤의 일은 저희가 알아서 합니다."

두 사람은 그에 관한 모든 것을 물었다. 그러고는 곧바로 조사에 착수했다. 사하는 그가 다니는 헬스클럽이 어딘지 몰랐다. 마트에서는 주로 무엇을 사는지도 알지 못했다. 그가 해산물보다 육류를 좋아한다는 사실도 생소했다. 그동안 서로 맞춰가고 양보하며 많은 것을 공유한다 믿었다. 그런데 두 사람의 관계는 한쪽에 일방적인 희생만이 강요되었을 뿐이었다. 단순히 느끼는 것과 확실히 아는 것의 차이는 생각보다 컸다. 나 대리와 안 사원은 그렇게 얻은 정보로 시나리오를 짰고 계획을 세웠다. 과연 작전이 효과가 있을까? 진짜 안전한 이별을 할 수 있을까? 의구심이 들었지만 사하에게는 다른 선택권이 없었다. 가늘고 힘없는 지푸라기라 해도 붙잡을 수밖에 없었다. 그렇게 그녀는 이름도 생소한 BU케어 보험의 고객이 되어 안전 이별에 관한 보장을 받게 되었다.

며칠 뒤 그들은 이전과는 완전히 다른 모습이 되어 나타났다. 말투와 몸짓, 걸음걸이까지 전혀 다른 사람들이 되어 있었다. 이런 일에 프로라는 의미였다. 어쩌면 생각보다 안전 이별을 원하는 사람이 많다는 뜻이기도 했다.

과정은 다분히 연극적이었다. 다소 기괴하기까지 했다. BUC가 이런 일까지 하는구나 싶었다. 미심쩍은 의심이 믿을 수 없는 결과를 낳기까지 생각보다 긴 시간이 필요치 않았다. 그날을 끝으로 그는 단 한 번도 사하 앞에 모습을 드러내지 않았다. 전화나 메시지조차 없었다. 마냥 웃을 수만은 없는 현실이 그저 쓸쓸하게 다가왔다. 그녀는 정말 오랜만에 핸드폰을 켜놓은 채 잠들었다. 다음날 아침에 부재중 전화도, 문자와 메시지도 남아 있지 않은 화면을 보며 길고 무거운 안도의 한숨을 내쉬었다.

*

아침저녁으로 바람이 쌀쌀했다. 그러나 한낮에는 여전히 햇살이 강했다. 여자가 상아색 코트를 벗자 빨간색 니트가 시선을 끌었다. 화장기 없는 얼굴이었지만, 입술은 니트와 비슷한 붉은색이었다. 나 대리는 문득 여자를 처음 본 날을 떠올렸다. 검은색 맨투맨 티셔츠에 짙은 회색 청바지를 입고 있었다. 각질이 일어난 입술은 부르텄고, 불안한 시선으로 연신 주위를 두리번거렸다. 겁에 질린 표정은 딸과 동행한 엄마도 마찬가지였다. 천적을 피하려고 주변과 비슷한 보호색을 띤 연약한 초식동물들 같았다.

"잘 지내셨어요?"

사하가 웃으며 자리에 앉았다. 이렇게 환하게 웃을 수 있는 사람이었다니. 그 생각이 들자 가슴에 서늘한 바람이 지나갔다. 나 대리도 부러 밝게 인사했다.

"옷 잘 어울리시네요."

"일부러 이렇게 튀는 옷을 입어봤어요."

그 말이 무슨 의미인지 알 것 같았다. 늘 눈에 띄지 않으려 조심했을 것이다. 누군가의 시선에서 조금이라도 벗어나려 안간힘을 쓰며 노력했겠지.

"저희 쪽 조사로는 일주일 전에 돌아왔다고 되어 있습니다만……."

나 대리가 물었다.

"네, 맞아요."

사하가 고개를 끄덕였다.

"우선 주문부터 하시죠."

안 사원이 두 사람의 대화에 끼어들었다. 지금 음료가 중요해? 소리 없는 나 대리의 핀잔에 그가 손가락으로 콕콕 벽에 붙은 종이를 가리켰다.

1인 1메뉴 부탁드립니다.

"자영업자들 땅 파서 장사하는 거 아니잖아요."

"그럼 안 사원이 가서 주문해."

"아니요. 오늘은 제가 대접해드릴게요."

사하가 서둘러 몸을 일으키며 말했다.

"아닙니다. 고객과의 만남은 저희 쪽에서……."

"커피 드시죠? 처음 뵈었을 때도 두 분 다 아메리카노 드시던데."

심각한 대화 속에서도 상대의 커피 메뉴까지 기억하고 있었다. 타인을 이해하고 배려하려는 마음이 몸에 밴 사람이었다. 왜 인간은 상대의 선함을 귀하게 여기지 않을까? 왜 그저 당연하게만 생각하고 이용하려 들까? 세상에는 그런 뻔뻔함이 너무 많았다. 가장 고귀하다는 사랑으로 묶인 관계일수록 더욱 심했다. 그만큼 가해자의 지배와 요구는 치밀하고 잔인했으며 또 파괴적이었다.

"아니요. 저는 커피보다는 요거트를 더 좋아합니다. 블루베리 망고요. 저희 활동비가 정해져 있거든요. 어쩔 수 없이 가장 저렴한 아메리카노를 먹는 거죠."

"네 저렴한 행동부터 먼저 고치고 투덜거려."

"치사하게 샷 추가도 못 하게 하면서."

"대신 업무 추가는 얼마든지 해줄 수 있어. 오늘 바로 시작할까?"

두 사람이 툭탁거리는 모습을 보며 사하가 나직이 웃었다.

"네. 그럼 나 대리님도 다른 메뉴를……."

"아닙니다. 저는 정말 아메리카노 좋아합니다."

나 대리가 뒤늦게 얼굴에 미소를 그려넣었다.

"여기 케이크도 맛있어요. 혹시 드시고 싶은 것 없으세요?"

"저는 수플레 치즈 케이크 부탁드립니다."

기다렸다는 듯 안 사원이 소리쳤다. 사하가 고개를 끄덕이고는 카운터로 걸어갔다.

"너 매일 블루베리 망고 요거트와 수플레 치즈 케이크 사 줄 수 있는 파트너로 바꿔줘?"

"수플레 치즈 케이크는 나 대리님이 좋아하잖아요."

"그래. 파트너의 마지막 선물치고는 대단히 하찮고 약소하지만 고맙게 받을게."

나 대리가 어금니를 꽉 깨물었다. 안 사원이 특유의 느물거리는 표정으로 비실비실 웃었다.

"고맙다고 한턱낸다잖아요. 이럴 때는 먹고 싶은 거 솔직하게 말하는 게 고객에게도 좋아요. 그래봤자 몇천 원 차이거든요. 그 몇천 원으로 고객을 뿌듯하게 만들 수 있습니다. 상대가 해주고 싶어 할 때 감사히 받는 것도 예의예요. 우리 너무 빡빡하게 살지 맙시다."

나 대리의 입에서 끙 소리가 흘러나왔다. 고객에게는 늘 최상의 케어 서비스를 제공해야 한다고 믿었다. 실연의 상처를 어루만지는 일, 그것이 BUC의 의무이자 책임이니까. 그 밖의 자잘한 일은 별반 신경 쓰지 않았다. 하지만 마지막까지 고객에게 감동을 주는 건 어쩌면 사소한 배려에서 나오는 진심 어린 마음인지도 모른다.

나 대리가 이런저런 생각을 하는 사이, 사하가 자리로 돌아왔다.

"주문이 좀 밀렸나봐요."

진동 벨을 내려놓는 손끝이 파리하게 떨렸다. 그녀의 얼굴이 창백하게 굳어 있었다.

"무슨 일 있었습니까?"

안 사원이 먼저 물었다. 그도 사하의 변화를 눈치챈 모양이었다.

"주문하고 돌아서는데 유리벽 너머에 누가 서 있어서……순간 그 사람인 줄 알고 깜짝 놀랐어요. 그런데 비슷한 사람이더라고요."

그녀가 짧은 한숨을 내쉬고는 애써 미소 지었다.

"일본에서 돌아온 지 일주일이 지났는데 여태 소식이 없어요. 제 전화랑 문자도 다 차단해놨는지 전혀 연락이 안 돼요."

창백한 얼굴에 조금씩 혈색이 돌아왔다. 어쩌면 안도인지도 몰랐다.

"이제 완전히 끝났어요. 이렇게 눈에 띄는 옷을 입어도 전혀 시선이 느껴지지 않아요. 그 사람이 봤다면 참지 못하고 기어이 전화든 메시지든 남겼을 거예요."

"그래도 확실히 끝내기 위해서 저희가 한 번 더 찾아가는 것이 좋을 것 같습니다."

"아니에요."

사하가 잠시 머뭇거리더니 조심스레 입을 열었다.

"그 사람도 깨달았겠죠. 누군가에게 감시와 미행을 당하는 게 얼마나 끔찍한 일인지……. 그걸로 됐어요. 더는 힘들게 하고 싶지 않아요."

"그래도……."

순간 테이블 위에 놓인 진동 벨이 울렸다. 사하가 자리에서 일어나자 안 사원도 몸을 일으켰다.

"괜찮아요. 저 혼자 들고 올 수 있어요."

"저 따라가서 하나 더 얻어먹으려고 하는데?"

'안 돼요?' 하는 장난기 섞인 표정에 사하가 소리 내어 웃었다.

"그래요. 같이 가요."

두 사람이 나란히 카운터로 걸어갔다. 나 대리의 시선이 창밖을 향했다. 나무들이 아낌없이 가을 눈꽃을 떨구었다. 그렇게 도시를 붉고 노란빛으로 수놓고 있었다. 그녀는 문득 나무의 나이테를 떠올렸다. 잘리고 부서지고 베어야만 볼 수 있는 무늬. 그것은 나무가 살아온 세월의 흔적이자 폭풍과 가뭄을 견뎌낸 증표였다. 인간들의 이별도 이와 비슷하지 않을까. 와해되고 깨지고 부서져야 비로소 선명해지는 것들이 있었다. 의도했든 그렇지 않았든, 누군가의 인생 테에 아프고 또렷한 흔적을 남긴다. 노란 눈송이가 허공을 돌며 추락했다. 마치 그것이 사랑의 끝이라 말하는 것처럼……

이것으로 또 한 번의 BU 케어 서비스가 끝이 났다. 처음과는 다른 분위기와 처음보다 밝은 얼굴로 사하는 조곤조곤 이야기를 했다. 그러나 여전히 습관처럼 주위를 두리번거렸고, 낯선 남자의 등장에 흠칫 놀랐다. 몇 번의 가을이 지나야 상처가 아물 수 있을까? 나 대리는 그녀의 시간이 조금 빨리 흐르기를, 옹이가 진 마음에 싹이 돋기를 바랐다.

카페를 나선 후 사하가 깊게 고개를 숙였다. 두 사람도 정중히 허리를 굽혔다.

"잊지 마세요. 세상 모든 이들이 그 사람 같지는 않습니다."

나 대리의 말에,

"알고 있어요. 그런데 당분간은 모든 걸 잊고 싶네요."

사하가 미소로 대답했다.

미련과 증오, 아쉬움과 후회, 고통으로 꽉 찼던 감정이 사라지면, 텅 빈 곳으로 또 다른 인연이 차오를 것이다. 가뭄이 끝난 호수에 다시 물이 흐르듯이.

"지금까지 정말 고생 많으셨습니다. 오늘 부모님이 여행을 가셨거든요. 그동안 저 걱정돼서 집을 못 비우셨는데, 홀가분하게 다녀오시라 했어요."

마지막 인사를 끝으로 사하가 손을 흔들었다. 그러고는 몸을 돌려 타박타박 걸어갔다.

"고객들에게 또 보자는 말은 못 하겠네요."

멀어지는 그녀의 뒷모습을 보며 안 사원이 말했다. 나 대리가 차를 향해 돌아섰다.

"지금도 BU 케어 보험이라고 하면 '그게 뭐예요?' 하는 분위기인데, 그 옛날 선배들은 어떻게 영업을 뛰고 이렇게 계약까지 성사시켰을까?"

"옛날이라 더 가능하지 않았을까요?"

안 사원의 목소리가 바투 다가왔다. 나 대리가 파트너를 향해 몸을 돌려세웠다.

"지금보다 훨씬 만남과 이별이 어려웠을 시기니까. 어쨌든 이별의 무게는 더 무겁고 아픔도 더 크지 않았을까요?"

시간이라는 저울에 달아보면 이별의 무게는 전보다 분명 가벼워졌을 것이다. 성급한 일반화의 오류는 피해야겠지만,

절대 부정할 수 없는 사실이었다.

"그래서 다행일까?"

나 대리가 물었다. 안 사원이 양 손바닥을 내보였다.

"덕분에 서로에게 구속되지 않지만, 그래서 또 외로울 수도 있죠. 세상은 시소 같아요. 한쪽이 올라가면 다른 쪽은 내려가잖아요. 사랑에 완벽한 균형이 어디 있겠습니까?"

만나서 다행인 사람이 있지만, 헤어져서 다행인 이들도 분명 존재한다. 인연이 악연으로 변하는 건 찰나의 순간이며, 문제는 때론 아주 사소할 것이다. 그런 의미에서 안 사원의 말은 일리가 있었다. 삶이란 시소처럼 오르내리는 반복 운동이고, 그 어지러운 나날 속에서 힘들게 균형을 잡는 것이다. 비틀거리거나 쓰러지거나 가끔은 추락하기도 한다. 하지만 어쩌겠는가? 다시 그 위에 올라서는 수밖에……

"제법이네."

나 대리가 웃으며 돌아섰다. 그 뒤를 안 사원이 바짝 따라붙었다.

"날씨도 좋은데 잠깐 교외로 나갈까요?"

두 사람을 태운 차가 천천히 카페 주차장을 빠져나갔다.

"사무실로 가. 보고서 작성 안 해?"

말이 끝나기 무섭게 쳇 소리가 터져나왔다.

"내일 오후까지 올리면 되잖아요."

"보고서는 일 끝나자마자 작성하는 게 가장 정확해. 나는 선배들한테 그렇게 배웠어."

"빡빡하게도 가르쳤네."

"좋은 습관을 들여준 거지."

"하긴 습관이 무섭죠."

또 한 번 쳇 소리 끝에 차가 부드럽게 도로로 진입했다.

"그나저나 이번 케어 서비스 덕분에 비싼 명품도 입어봤네요. 우리 소품실에 명품이 있는 줄은 몰랐어요. 보석류는 어디서 관리해요? 우리가 한 것들 다 진짜라면서요?"

"보석은 계약 맺은 렌털 서비스 업체가 몇 군데 있대. 자세한 건 나도 몰라."

"이왕 분장하는 거 재벌 2세 뭐 이런 콘셉트면 얼마나 좋아. 명색이 고가품인데 헌 옷 수거함에서 손에 잡히는 대로 입고 나온 분위기를 내야 한다니."

"뭐?"

나 대리가 물었다. 안 사원이 심드렁히 대답했다.

"맞잖아요. 선배도 나도 완전 졸부 콘셉트로……."

"차 세워."

"네?"

"빨리 차 세우라고."

"아니, 왜 그래요. 졸부 콘셉트는 선배가 먼저 제안한 거잖아요."

"알았으니까 지금 당장 차 세우라고!"

나 대리의 다급한 명령에 안 사원이 서둘러 갓길에 차를 세웠다.

"졸부 맞잖아요. 내가 뭘 잘못했는데요? 차를 세울 만큼 그렇게 화가 날……."

"먼저 사무실에 들어가. 마지막으로 확인할 게 있어서 그래."

조수석 문이 벌컥 열렸다.

"선배, 어디 가요?"

다급한 외침을 뒤로한 채 나 대리가 거리를 향해 뛰었다. 그럴 리 없으리라 되뇌며 두 다리에 힘을 실어 모퉁이를 돌았다. 빠른 속도로 골목길을 내달리다 마주 오는 자전거에 부딪힐 뻔했다. 진득한 욕설이 날아들었지만, 싸늘한 바람에 곧바로 흘려버렸다. 골목을 빠져나오자 눈앞에 2차선 도로가 나타났다. 그 뒤로 빽빽한 아파트 숲이 있었다. 숨이 턱 끝까지 차오르고 입에서 단내가 났다. 그렇게 도로를 건너 도착한 곳은 아파트 단지의 후미진 놀이터였다. 그곳에 예상대로 사하가 있었다. 그녀는 여전히 눈에 띄는 빨간 니트와 짧은 스커트 차림으로 주춤거리며 한 발 뒤로 물러섰다. 그리고 바로 앞에는 그녀를 뒷걸음치게 한 누군가가 서 있었다. 그래, 습관은 무서운 것이다. 한 여자를 집요하게 스토킹했던 사람은 쉽게 변하지 않는다.

'유리벽 너머에 누가 서 있어서…… 순간 그 사람인 줄 알고 깜짝 놀랐어요. 그런데 비슷한 사람이더라고요.'

목적이 있는 변장은 BUC만의 전유물이 아니었다. 누구나 할 수 있었고 누구라도 스스로를 감출 수 있었다. 아쉽게도 기분 나쁜 촉과 안 좋은 예감은 늘 적중률이 높았다. 누군가는 그것이 인간의 생존 본능에서 나온 능력이라 했다. 문제는 그 능력이 발휘된 후에 무엇을 어찌해야 하는지는 알 수 없다는 점이었다. 나 대리는 최대한 조심스럽게 두 사람을 향해 다가갔다. 남자는 처음부터 지켜보고 있었을 것이다. 집으로 들어가려는 사하를 막아선 뒤, 잠시 이야기하자며 사람들의 눈이 없는 놀이터로 유인했겠지. 눈에 빤히 보이는 수법이었다. 그런데도 속아 넘어간 스스로에게 화가 나 견딜 수 없었다.

먼저 나 대리를 발견한 사람은 사하였다. '어?' 하는 반가운 눈빛에 등을 보이고 있던 남자가 천천히 뒤돌아섰다. 나 대리의 시선이 놀이터 바닥에 떨어진 핸드폰에 닿았다. 그것이 누구의 것이고 왜 저기에 있는지는 굳이 묻지 않아도 알 것 같았다.

"이게 누구신가? 고모님 아니에요? 10년, 아니 20년은 더 젊어지셨네?"

정민이 입술을 비틀며 선득하게 웃었다. 긴 바바리코트에 푹 눌러쓴 벙거지까지 평소 깔끔하고 단정한 모습과는 사뭇 대조적이었다. 저런 차림이었으니 사하가 못 알아봤겠지. 정민은 누가 봐도 매력적이고 호감이 가는 외모였다. 학벌과 직업까지 적어도 사회적 기준에서 봤을 땐 무엇 하나 빠지지 않았다. 이 몇 가지 단순한 상황들이 편견이라는 가림막이 되어 그 너머 진실을 보이지 않게 만들었다. 이런 사람이 누군가를 집요하게 스토킹한다니 사람들은 쉽게 상상하지 못할 것이다. '그런 사람이 뭐가 아쉬워서…… 오히려 좋아할 일 아니야?' 하고 속없이 아무 말이나 가볍게 던지는 이들도 있었다. 그런 상황이 피해자를 점점 더 고립시켰다. 서서히 미쳐가게 만들었다.

"일본 호텔에서 TV를 보는데 예능에 몰래카메라 영상이 나오는 거야. '저런 거에 왜 속을까?' 하다가 거울을 보니까 거기에 바로 그 멍청이가 있더라고. 다시 생각해보니 하나부터 열까지 모든 게 이상했어."

그나마 자신이 멍청한 것은 알고 있어 다행이었다.

"하나부터 열까지 다 속인 건 정민 씨였어."

"너를 사랑하니까."

그 한마디에 사하가 귀를 막고 도리질을 쳤다. 세상에서 가장 아름답고 숭고한 사랑이라는 말이 정작 누군가에게는 손톱을 세워 칠판을 긁는 소리보다 끔찍하게 들릴 테니까.

"이제 그만해."

"내가 뭘 했는데? 너를 아껴주고 사랑한 것밖에 더 있어?"

"그걸 그만하라는 거야."

사하가 날카롭게 소리쳤다. 그 즉시 정민의 눈에 퍼런 섬광이 지나갔다. 경찰을 불러야 할까? 나 대리는 이내 고개를 내저었다. 경찰이 와봤자 할 수 있는 건 없었다. 간단히 경고한 후 돌아가겠지. 그 생각이 들자 절로 욕설이 튀어나왔다. 그 순간 등 뒤에서 익숙하지만 전혀 반갑지 않은 발소리가 들려왔다.

"아, 진짜. 이럴 줄 알았어. 그렇게 혼자 가버리는 게 어디 있어요?"

나 대리가 고개를 돌린 곳에 안 사원이 걸어오고 있었다. 저 바보가 왜 또 여기까지 온 거야? 파리를 쫓듯 손을 휘휘 내저으며 어서 돌아가라는 신호를 보냈다. 물론 그걸 알아들으면 안 사원이 아니겠지만.

"진짜 끈질기네. 같은 남자로서 정말 창피하고 쪽팔린다."

안 사원을 보는 정민의 미간에 굵은 주름이 잡혔다.

"오, 저 고모라는 여자의 남편 아닌가? 며칠 사이에 신수가 훤해지셨네?"

그가 이렇게 말하고는 사하를 향해 입꼬리를 말아올렸다.

"너 아까 카페에서 저 새끼랑 좋아죽더라. 저 멀대 같은 새끼한테 꼬리 치려고 그동안 유치한 연극까지 했어? 저 새끼가 그러라고 시키든? 그렇게 천박하게 옷 입고 다니래?"

"아니, 누구보고 감히 새끼라고…… 그런데 저 새끼가 진짜."

성큼 다가서는 안 사원을 나 대리가 몸을 던져 막았다. 이럴 줄 알고 혼자 온 것이다. 만에 하나 정민이 나타난다면, 무엇보다 사하의 안전을 우선시해야 했다. 다른 이성이 모습을 보이는 건 오히려 상대만 자극할 뿐이었다. 그런데 이 멍청하고 단순하며 충직한 후배는 말 잘 듣는 강아지처럼 기어이 뒤를 따라와버렸다.

"안 사원, 그냥 가. 너는 빠지는 게 낫겠어."

"이봐, 그쪽도 같이 빠져. 괜히 남 일에 참견 말고. 왜 순진한 우리 사하 꼬드겨서 멀대 같은 저 새끼랑 엮어주려고?"

저런 망상증 환자에게는 어떤 대화도 무용했다. 어차피 목

적은 고객의 안전이었다. 나 대리가 사하 쪽으로 돌아서는
데, 안 사원이 먼저 움직였다.

"고객님, 똑똑하게 보세요. 이게 현실입니다. 이런 인간은
절대 못 깨달아요. 힘들어해요? 누가요? 어떻게 하면 상대
를 더 괴롭힐 수 있을지 밤낮없이 그것만 고민하는 저 쓰레
기가?"

안 사원이 뚜벅뚜벅 걸어가 사하와 정민 사이를 가로막고
섰다.

"내 말 잘 들어. 이 시간 이후로 한 번만 더 내 고객 앞에
나타나면 그땐 그쪽이 직접 경찰서에 찾아가게 만들어줄 테
니까……."

나 대리가 '하' 하는 탄식과 함께 머리를 짚었다. 무엇을
상상하든 그 이하로 단순한 녀석이었다. 저런 말이 먹혔으
면 애초에 사하가 BUC를 찾을 이유도, 두 사람이 쓸데없는
연극을 할 필요도 없었을 것이다. 이건 미꾸라지를 잠잠하
게 만들겠다고 왕소금을 뿌리는 것과 다름없잖은가.

"됐어요. 가세요."

안 사원이 사하를 향해 돌아섰다. 정민이 그의 등뒤로 바
싹 따라붙었다. 그 순간 나 대리의 눈앞에서 빛이 반짝 튕겨
나왔다. 뒤이어 단발의 비명이 허공을 찢었다. 코트 자락이

바람에 날리며 눈앞에서 이지러졌다. 이 모든 찰나의 순간이 꿈이라는 듯 벙거지가 시야에서 사라져버렸다.

나 대리를 바라보는 안 사원의 동공이 크게 부풀어올랐다.

"선배…… 뭐예요, 지금?"

그가 힘없이 바닥에 쓰러졌다. 두껍게 깔아놓은 우레탄이 붉은 피로 물들어갔다.

"나…… 칼에 찔린 거예요?"

"구급차 불러요. 빨리."

나 대리가 소리치고는 안 사원에게로 달려갔다. 복부에서 뿜어져 나온 피가 두 손을 적셨다. 사람의 피가 이렇게 뜨거울 수 있고 이렇게나 많이 쏟아져나올 수 있다니…… 그 사실이 도무지 믿기지 않았다. 애써 진정하려 해도 온몸이 부들부들 떨렸다. 아니, 떨고 있는 건 안 사원이었다.

"와 씨. 진짜 더럽게 아프네."

핏기를 잃은 안 사원의 얼굴이 창백하게 변해갔다.

"살짝 스친 거야. 구급차 금방 와. 조금만 참아."

아무리 힘주어 눌러도 피가 멈추지 않았다. 두 손에 힘을 가할수록 그의 입에서 고통스러운 신음이 흘러나왔다.

"미친 새끼, 진짜 칼을…… 이제 제대로 경찰……."

"조용히 해. 말하지 마."

나 대리는 화가 나 미칠 것 같았다. 머릿속이 끓어올라 당장이라도 폭발할 것 같았다. 바보같이 끼어든 안 사원에게, 품속에 칼을 숨겨놓은 그 미친놈에게, 결국 이런 사달이 난 후에야 출동하는 경찰에게, 이렇듯 한심한 공권력과 답답하고 멍청한 시스템과 이 세상 온 우주 모두에게 화가 나 한바탕 욕이라도 실컷 퍼부어주고 싶었다.

"선배……."

안 사원의 복부는 이미 피범벅이었다.

"빨리요. 제발 빨리 와주세요."

울부짖는 사하의 목소리가 귓가에 이명처럼 메아리쳤다. 사람들의 웅성거림이 가까이 다가왔다 멀어지기를 반복했다. 그러나 나 대리에게는 까무룩 자꾸 눈을 감는 창백한 얼굴과 가는 숨소리가 세상 전부였다. 모든 것이 희미해져갔다.

"날 봐. 눈 감지 말고 나 보고 있어. 정신 차려. 날 보라고."

"선배……."

"안 돼, 안 돼. 눈 떠. 눈 감지 마."

이미 처음부터 알고 있었다. 혼자 거리를 달리면서도 느낄 수 있었다. 안 사원이 자신의 뒤를 쫓아오리라는 사실을. 나 대리가 가는 곳에는 늘 그가 있었으니까.

"제발 눈 뜨라고."

나 대리가 소리쳤다. 그러나 더는 귓가에 툴툴거리는 목소리가 날아들지 않았다. 짜증 섞인 비아냥거림도 사라져버렸다. 멀리서 사이렌 소리가 들려왔다.

*

　그 후의 기억은 몇 개의 짧은 장면으로만 남아 있다. 구급차에 탔고, 안 사원을 수술실로 들여보냈으며, 병원 복도에서 끊임없이 서성였다. 회사에서 부장이 나왔고, 직원들이 몰려들었다. 저마다 피투성이인 나 대리의 어깨를 조심히 다독였는데, 정작 그녀는 물속에 빠진 듯 아무 소리도 듣지 못했다. 부장이 안 사원의 부모에게 침착하게 상황을 설명했고, 곧바로 통곡 소리가 터져나왔으며, 병원 전광판의 '수술 종료'라는 글자에 불이 들어왔다. '조금만 칼날이 안쪽으로…… 깊숙이…… 아슬아슬하게 대동맥을 건드리지 않아……' 같은 말들 끝에 '다행히 수술은 잘 끝났습니다'라는 한마디가 아프게 귓가를 파고들었다. 그 순간 나 대리의 눈앞이 일시에 암전되어버렸다.

　"나 대리, 정신 차려."

　마지막으로 부장의 목소리가 희미하게 들려왔다. 이내

모든 것이 끈적하고 검은 늪 속으로 빨려 들어갔다. 온몸이 무겁게 짓눌리다 가벼워지더니 터질 듯 두근거리던 심장이 조금씩 진정되었다. 꽉 움켜쥔 두 주먹에서 스르르 힘이 풀렸다.

눈을 뜨자 새하얀 불빛과 그보다 더 하얀 천장이 보였다. 나 대리는 그제야 자신이 깨어난 곳이 병원 침대라는 사실을 자각했다. 팔뚝에는 굵은 링거 바늘이 꽂혀 있었다.

"많이 놀랐지? 괜찮아. 다 끝났어."

부장이 손을 토닥토닥 다독였다. 나 대리의 눈에서 눈물이 왈칵 터져나왔다. 자신이 운다는 것조차 자각할 수 없을 만큼 눈물이 쉼 없이 흘러내렸다. 그리고 비로소 알게 되었다. 그와 시시껄렁한 농담을 주고받을 수 없다는 것을, 점심 메뉴로 옥신각신할 수 없으며 커피에 샷을 추가하느냐 마느냐로 실랑이를 벌일 수 없다는 사실을 말이다. 너무 사소하고 유치해서 따분하기까지 한 이 모든 시간이 일시에 사라져버리는 듯한 감각이 무섭게 온몸을 관통했다. 하늘이 무너지거나 태양이 빛을 잃거나 바닷물이 모두 증발하지 않았는데, 이렇듯 세상은 어제와 다를 바 없는데, 혼자만이 다른 차원에 고립되어버릴 수 있다는 사실을 알게 되었다. 그렇게 서서히 숨통이 조여오는 아픔을 경험했다. 변함없는 출근길이, 매일 만나는 사람들이, 세상의 향기와 감촉마저 어제와는 전혀 다르게 느껴질 수도, 모든 게 그 자리에 그대로 있는데 모든 것을 잃어버린 느낌이 들 수도 있다는 사실을 또렷한 공포로 체감했다. 그것이 진정한 이별이라는 사실을 비로소 그녀도 깨닫게 되었다. 말로는 표현할 수 없는 공허함이 가슴 깊숙한 곳까지 아프게 밀려들었다. 너무 무섭고 두렵고 또 서러웠다. 그렇게 나 대리는 넘어져 무릎이 깨진 어린아이처럼 온 힘을 다해 통곡했다. 한참을 그렇게 울던 그녀가 꺽꺽거리는 목소리로 간신히 말을 이었다.

"안…… 사원한테는…… 저…… 울었다는 거…… 비밀이에요."

"알았어. 입 다물 테니까 걱정하지 마."

부장이 못 말린다는 표정으로 도리질을 쳤다. 나 대리가 눈물을 훔치고는 코를 훌쩍 들이마셨다.

'선배, 그 빨개진 코나 어떻게 하고 거짓말해요. 눈은 떠져요? 나 보이긴 해요? 안 울긴 뭘 안 울어? 이제 폐호흡 못 하겠네, 금붕어 돼서.'

귓가에 간절한 환청이 들려왔다. 입에서 저절로 긴 한숨이 새어 나왔다.

정민은 범행 현장으로부터 500미터가량 떨어진 공터에서 붙잡혔다. 놀이터 CCTV에 범행 장면이 고스란히 녹화되었고, 공터 쓰레기통에서 지문이 남은 칼도 발견되었다.

그가 무슨 의도로 칼을 소지했는지는 알 수 없었다. 중요한 건 칼을 미리 준비했다는 사실이었다. 고로 계획된 범행임이 틀림없었다. 나 대리는 초범과 심신미약을 운운하거나 반성의 기미를 들먹거리는, 생각만으로도 혈압이 오르는 판결만 나오지 않길 바랄 뿐이었다. 혹시 또 모를 일이었다. 전혀 상식 밖의 판결이 나올지도……. 이곳은 누구나 다 아는 공정하고 정의로운 법치국가, 대한민국이니까.

사하는 한동안 말을 잃을 정도로 큰 충격에 빠졌다. 말없이 울기만 하는 딸의 전화에 그녀의 부모는 그 즉시 집으로 달려왔다.

"세상에, 그날 조리원에서 이 보험 안 들었으면 어쩔 뻔했어? 이건 너희 할머니가 살리신 거야."

두 사람은 나 대리의 손을 잡고 울먹였다.

안 사원은 수술 후에도 좀처럼 깨어나지 못했다. 강한 진통제 처방으로 줄곧 잠에 빠져 있었다. 창백한 얼굴을 바라보다 나 대리가 조용히 몸을 돌려세웠다.

—와, 선배. 너무하네요. 어떻게 문병 한번 안 와요?

안 사원이 입원한 지 3일이 지났다. 그제야 핸드폰에 시끄러운 메시지가 날아들었다. 드디어 그가 깨어난 모양이었다.

"그래, 언제까지 쫑알거릴 수 있는지 보자."

그녀가 서둘러 운전석에 올랐다. 오늘따라 신호가 길었다. 괜스레 뭉그적거리는 앞차가 신경을 건드렸다. 빵! 평소답지 않게 손이 멋대로 클랙슨을 눌러버렸다.

이동 침대와 휠체어 사이에서 엘리베이터를 기다리는 건 다소 민망한 일이었다. 나 대리는 5층까지 계단을 이용했다. 병실 앞에 서서 잠시 숨을 골랐다. 절대로 한걸음에 달려왔다는 인상을 주고 싶지 않았다. 이런 스스로가 유치하지만 어쩔 수 없었다. 그녀가 목을 큼큼 가다듬고는 병실 문을 열었다.

"왜 혼자 있어?"

"엄마는 오늘부터 다시 출근했어요. 너무한다, 진짜. 화장실 한번 가려면 10년은 걸리는데, 이런 아들을 두고 출근하다니."

안 사원이 언제나처럼 툴툴거렸다. 그 소리가 이토록 반갑게 들릴 줄은 불과 일주일 전만 해도 상상조차 하지 못했다. 나 대리가 마음속으로 쓴웃음을 삼켰다.

"며칠 사이에 얼굴이 반쪽이 됐네요. 많이 놀랐죠?"

"그런 너는? 아직 거울도 못 봤어?"

"병원에 왔으면 영양제라도 한 대 맞고 가지. 왜 매번 그냥 갔어요?"

가족들이 말했을 것이다. 잠든 너를 바라보다 말없이 돌아갔다고.

"몸은 좀 어때?"

나 대리가 물었다. 안 사원의 입에서 곧바로 앓는 소리가 터져나왔다.

"아파 죽을 것 같아요. 말했죠? 화장실 한번 가려면 10년은 걸린다고. 숨 쉬는 것도 힘들어요. 칼날이 1센티만 더 들어갔어도 죽은 목숨이었대요. 이거 산재 맞죠? 한 달? 아니야, 적어도 석 달은 꼼짝없이 병원 신세를 져야 한다고요. 와, 그동안 복근 운동 탄탄하게 해놓아서 다행이지. 안 그랬으면 선배 진짜 파트너 바뀔 뻔……."

그가 장황하게 늘어놓던 말을 멈추고는 슬쩍 그녀의 눈치를 살폈다.

"저기, 선배…… 혹시 그사이에 파트너 바뀌는 거 아니죠?"

그 말을 기다렸다는 듯 나 대리가 팔짱을 끼며 한쪽 다리에 힘을 실었다.

"안 그래도 그 얘기 하려고 왔어. 부장님이랑 어제 상의했거든. 안 사원은 당분간 출근을 못 할 거고, 2인 1조 시스템상 파트너 없이는 업무가 안 돼. 다른 BUC는 다 파트너가 있는데 나 하나 때문에 조 편성을 다시 할 수도 없잖아? 그래서 말인데, 나는 아무래도 신입 사원······."

"무슨 말도 안 되는······ 신입 사원 중에 새 파트너를 찾겠다고요? 아니, 이제 좀 손발이 맞아가는데? 다시 생초보랑 한 팀이 되겠다고요?"

안 사원이 목에 핏대까지 세우며 소리쳤다. 나 대리의 입에서 '허!' 하는 소리가 튀어나왔다.

"누가? 누가 손발이 맞아? 그런 너는 생초보 아니야? 내가 그날 뭐라 했어? 제발 그냥 가라고 부탁하고 애원했잖아."

그날을 떠올리자 나 대리는 다시금 온몸에 소름이 돋았다. 울컥울컥 흘러나오던 검붉은 피와 그 뜨겁고 끈적이는 느낌이 고스란히 손끝에 되살아났다. 애써 침착하려 해도 두 손이 부들부들 떨렸다.

"너야말로 선배가 우스워? 내 말 들었으면 그날 칼에 찔리는 일은······."

"네. 말 잘 들었으면 칼에 찔린 사람은 내가 아니라 그 고객이 됐겠죠."

그가 새된 목소리로 나 대리의 말을 베어냈다.

"아니요, 선배가 됐을 거예요. 선배도 분명 막아섰을 테니까. 그래요, 나 더럽게 말귀 못 알아먹어요. 알면서도 모른 척한 적도 많아요. 눈치 없고 제멋대로라는 거 잘 안다고요. 골치 아픈 생초보가 파트너 돼서 많이 힘들죠? 선배한테 늘 미안했어요. 그런데……."

"……."

"그날 선배 말을 안 들은 건 내 생애 통틀어 가장 잘한 짓이라고 생각해요."

두 사람의 시선이 허공에서 헝클어졌다.

"그래서 내가 너를 인정 못 하는 거야."

나 대리를 바라보는 고동색 눈동자가 흔들렸다.

"오직 네 기분만 생각하잖아. 다른 사람은 어떻게 될지 생각 안 해?"

"어쩔 수 없어요. 인간은 원래 다 그렇잖아요."

안 사원이 말을 멈추고 아랫입술을 짓씹었다. 그를 힘들게 하는 게 육체적 고통인지, 또 다른 이유가 있는 것인지 나 대리는 알 수 없었다.

"내가 좋으면 좋은 거예요. 내가 싫으면 상대가 얼마나 상처받고 아파할지 빤히 다 알면서도 결국 돌아서요. 사랑이라는 게 되게 거창해 보여도 결국 이게 다예요."

지금 사랑을 말하자는 게 아니었다. 하지만 나 대리는 침묵했다. 그의 말은 사실이었다. 인간은 누구나 이기적이다. 가장 아름답다는 사랑을 할 때조차 그렇다. 아니, 가장 그렇다.

"죄송해요. 어쨌든 제가 잘못한 거 맞습니다."

안 사원이 고개를 숙이고는 풀죽은 목소리로 말했다.

"아…… 아무튼 너는 몸조리나 잘해."

괜한 감정을 내비쳤단 생각에 나 대리가 목덜미를 만지작거렸다. 자꾸 얼굴에 열이 올랐다.

"파트너 진짜 바꿀 거예요?"

"너 없는 동안 나는 일 안 하니?"

혼내기도 많이 혼냈다. 싸우기도 많이 싸웠다. 그러나 다음날이면 마주보며 실없이 웃었다. 고객들의 사연에 함께 아파했고, 어떻게 위로를 전할지 밤새 고민했다. 서로 다른 의견을 내놓고 언성을 높인 적도 있었다. 문제 많은 신입과 일하다 보니 이 빠진 동그라미가 굴러가듯 하루에도 몇 번씩 가다 서다를 반복했다. 하지만 덕분에 마음의 여유가 생겼다. 전혀 다른 아이디어가 떠올랐다. 나 대리는 어느덧 이 덜커덩거리는 느낌에 익숙해져버렸다.

"내가 진짜 선배한테 졌다, 졌어. 좋아요. 전부 다 솔직히 말할게요."

안 사원이 못 말린다는 표정으로 두 손을 들어 보였다.

"수술도 잘됐고, 워낙 건강 체질이라 다음주 정도면 퇴원 가능하대요."

대체 사람을 어떻게 보고 이러는 걸까? 아무리 인간이 이기적이라고는 하나 이렇듯 대놓고 멍청한 말을 쏟아내면 곤란한데……. 나 대리가 팔짱을 끼고는 고개를 왼쪽으로 15도가량 기울였다.

"그래?"

안 사원이 여봐란 듯이 크게 고개를 주억거렸다.

"사람 말 좀 믿어요. 오늘이 목요일, 내일 선배 연차 쓰면 금, 토, 일은 쉴 수 있고, 다음주는…… 선배야말로 병가 좀 내야겠어요. 그렇게 한 이틀 쉬고 나서 나 복귀하는 날 같이 출근하면 되겠다."

"다음주 화요일에는 퇴원할 수 있으시겠다?"

안 봐도 빤한 일이었다. 무조건 퇴원시켜 달라 조르겠지. 어린아이처럼 떼를 쓰고 억지를 부리겠지. 그 한심하고 멍청한 모습이 나 대리의 눈앞에 파노라마처럼 펼쳐졌다.

"그렇다니까요. 어차피 나도 금방 복귀하는데 새 파트너는……."

"그럼 진작 말하지. 나는 그것도 모르고 너 입원해 있는 동안 신입 사원 교육을 맡으려고 했거든. 강 팀장님이 곧 출산 휴가 들어가잖아. 부장님이랑 어제 그거 의논했어. 안 사원 복귀하기 전까지만 교육 맡고 싶다니까, 그렇게 하라고 하시더라."

'이걸 어쩌나' 싶은 얼굴로 나 대리가 어깨를 으쓱했다.

"그런데 다음주에 바로 복귀할 수 있으면……."

"……."

"안 사원이야말로 새 파트너가 필요하겠네."

멍청히 두 눈을 끔뻑이던 그가 놀란 종벌레처럼 몸을 웅크렸다.

"아이 씨, 진즉에 말할 것이지. 상처 아물기 전에는 큰 소리 내지 말라고 했는데. 선배, 갑자기 통증이……. 간호사 선생님 좀 불러줘요. 진통제가 떨어졌나, 통증이 너무 심한데?"

그는 분명 신입 사원 교육 마지막 날에 맞춰 퇴원할 것이다. 그 강력한 예감 덕분에 겨우 한시름 놓게 되었다. 나 대리가 한 걸음 다가가 안 사원의 이마에 손가락을 튕겼다.

"나 수술했어요. 아픈 환자한테 무슨 짓이에요."

"말 잘했네. 그래, 이왕 아픈 거 제대로 아프라고 그랬다."

사랑도 비슷했다. 5월의 햇볕처럼 기분 좋게 시작되지만, 때론 한겨울 새벽 같은 시린 상처로 끝맺게 된다. 사랑의 슬픈 예감이 현실이 되는 건, 마음속으로 이미 이별을 준비하고 있단 뜻이다. 모든 이별은 아프지만, 그로 인해 사람은 그리고 사랑은 조금씩 성장한다. 이별이란 혹여 다음 사랑을 위한 예방접종이 아닐까? 다시 찾아올 사랑도 마냥 행복하지만은 않을 거라는 예감을, 사랑의 괴로움을 가슴속에 미리 조금 넣어주는 것이다. 비록 그렇다 한들 모두가 사랑에 면역력이 생기는 건 아니다. 이별을 잘 견딜 수 있는 것도 아니다.

마음껏 울게 내버려두고 말없이 손수건을 건네는 것. 그 단순한 일을 위해 BU 케어 보험이 탄생했다. 그리고 이별 전문 상담가가 생겨났다. 나 대리는 이 일을 진심으로 사랑한다. 적어도 당분간은 이 단순한 파트너와 이별할 생각은 없으니까.

"그럼 몸조리 잘해."

"선배, 새 파트너 안 구하는 거죠? 확실히 얘기하고 가요."

안 사원은 여전히 눈치가 없었다. 아니면 그런 척 괜한 연극을 하는 건지도 몰랐다. 나 대리가 뒤돌아 팔랑팔랑 손을 흔들었다.

7
계약 상세 조회

"어머, 이걸 가입해놓고 여태 몰랐네. 조리원에서 들었으니까…… 세상에, 돈이 몇 년째 빠져나간 거야? 자동이체가 이래서 무서워. 아, 그때 마주 엄마가 검은 양복 입은 사람들 어쩌고 했는데 이거 물어봤던 거구나."

"아빠 보험증서 찾는다며?"

아람이 식탁에 머그잔을 내려놓았다. 새콤한 유자 향이 주방 가득 차올랐다. 베란다 밖 하늘은 짙은 회색빛이었다. 구름이 낮게 깔린 걸 보니 곧 눈이 내릴 모양이었다.

"아빠 뼈에 금간 거는 당연히 보장되지. 그래도 혹시나 하고 찾아봤는데 덕분에 엉뚱한 걸 발견했다."

라 여사가 말을 멈추고 아람을 향해 눈을 치떴다.

"내가 모임에 나가면 정말 할말이 없어요. 다른 엄마들은 아들딸 결혼을 시키느니 마느니, 운명적 짝을 만났느니 하면서 행복한 고민을 늘어놓기 바쁜데 말이야. 나는 우리 잘난 아들이 평생 연애 한번 못 해보고 몽달귀신으로 죽을 팔자인지도 모르고, 이렇게 덜컥 쓸데없는 보험까지 들어놓았지 뭐니?"

라 여사가 낡은 서류를 흔들었다. 종이가 사륵사륵 쓸리는 소리가 귓가를 울렸다.

"그게 뭔데?"

아람이 묻자 라 여사가 서류를 내려놓았다. 아니, 내던지다시피 했다.

"대체 뭐가 문제야? 응?"

라 여사가 가까이 다가와 아람의 턱을 잡고는 왼쪽, 오른쪽으로 번갈아 돌렸다.

"이 정도 제품 생산해내기가 어디 쉬운 줄 알아? 인물 곱상해, 직업 탄탄해 그리고……."

라 여사의 시선이 두 개의 머그잔에 닿았다.

"이렇게 다정하기까지 한데. 외모, 직업, 성격 뭐 하나 빠지는 게 없잖아. 대체 뭐가 문제야? 뭐가 문제라서 그 나이 먹도록 남들 다 하는 연애 한번 못 해?"

"보험증서 찾다가 갑자기 왜 연애 얘기가 튀어나와?"

아람이 유자차를 마시며 투덜거렸다. 입안에 퍼지는 향이 오늘따라 씁쓸했다.

"알고 싶으면 거기에 적힌 보장 내용이나 보고 물어보세요, 이 잘난 모태 솔로 아드님아. 나는 연애와 결혼을 너무 잘해서, 엄마 같은 여자를 아내로 맞이한 능력 있는 네 아빠한테 간다. 제 아빠보다 백배는 잘나게 낳아줬더니 제 아빠의 백분의 일 만큼도 능력 발휘를 못 하니……. 야, 나는 젊었을 때 얼마나 인기가 많았는지 알아? 네 아빠 군대 갔을 때는……."

"아빠가 첫사랑 아니었어? 아빠 군대 갔을 때 무슨 일이 있었는데?"

짜증을 왈칵 토해내던 라 여사가 '있긴 뭐가 있어' 하고 소리치고는 안방으로 들어갔다. 아람이 제 앞에 놓인 서류를 집어들었다.

"BU 케어 보험?"

빛바랜 계약서에는 다음과 같은 글이 적혀 있었다.

아프고 괴로운 이별, 더는 혼자 힘들어하지 마세요. 이별 전문 상담가, BUC(Break Up Consultant)가 고객님 곁에 있습니다.

세상 그 어떤 이별도 환영합니다. 사생활이 노출될까봐 두렵다고요? 절대 걱정하지 마세요. 저희 BU 케어 보험은 고객님과의 상담 내용을 100퍼센트 기밀로 유지합니다. 지금 바로 고객님의 이별을 BUC와 상의하세요.(단, 도덕과 법적 문제가 있는 이별은 상담에서 제외됨을 미리 알려드립니다. 자세한 사항은 약관을 살펴보세요.)

"그 보험이 여태 있었는지 몰랐네. 말 나온 김에 오늘 당장 해지해야겠다."

라 여사가 외투를 걸치며 방에서 나왔다. 아람이 식탁에서 튕기듯 몸을 일으켰다.

"지금까지 보험료 낸 게 아깝지 않아? 읽어보니 환급금도 없는 것 같은데."

스카프를 매던 손이 허공에서 멈췄다. 라 여사가 싸늘한 표정으로 고개를 돌렸다.

"너 당장 여자 친구 만들 자신 있어? 여자 친구는 고사하고 썸인가 뭔가도 없잖아. 너 솔직히 엄마 빼고 아는 여자가 한 명이라도 있니?"

"왜 없어? 나 여자 친구들 많아."

말이 끝나기도 전에 라 여사의 입에서 끌끌 혀 차는 소리가 터졌다.

"누구? 아, 그 잘난 여자 사람 친구? 너한테 연애 고민이나 상담하는 친구? 너보고 자기 남자 친구 선물 골라달라는 친구? 에라, 이 머저리야. 무슨 연애를 해봐야 이별도 해보지. 너는 차는 것도 차이는 것도 뭔지 모르지? 차는 건 그저 공밖에 모르는 놈."

"어쨌든 이 보험, 절대 해지하지 마. 여기 쓰여 있네? 한 번도 이별을 경험하지 않으면 여행 보내준다고."

"그나마 너에게도 해당되는 게 있어서 좋아죽겠지? 보험 회사에서 보내주는 여행이나 잘 찾아먹으세요. 아주 대단하다, 우리 아들. 너를 그렇게 멀쩡히 낳아준 내가 다 원망스럽다."

라 여사가 종주먹을 내보이고는 뒤돌아 현관을 나갔다. 익숙한 전자음과 함께 도어록이 잠겼다. 타박타박 짜증 섞인 구두 소리가 귓가에서 멀어졌다. 온기를 잃어버린 겨울 햇살이 거실의 초록 나무 위에 소리 없이 내려앉았다.

"나 연애 해봤어요. 이별도 해봤고요. 단지 엄마한테 얘기를 안 했을……"

아람이 말을 멈추고 도리질을 쳤다.

"아니, 못 했을 뿐이지."

라 여사는 고지식한 사람이었다. 흑과 백 그 사이 다른 색
은 좀처럼 보지 못했다. 아람은 라 여사의 이분법적인 사고
가 답답했지만, 한편으로는 억울한 생각도 들었다. 나는 왜
엄마의 성향을 이어받지 못했을까? 그가 물끄러미 손에 쥔
보험 계약서를 내려다보았다.

단, 도덕과 법적 문제가 있는 이별은 상담에서 제외됨을 미
리 알려드립니다.

과연 나의 이별을 털어놓을 수 있을까? 혹여 이 사랑과 이
별은 상담에서조차 제외되려나? 한동안 멍하니 앉아 있던
그가 보험 계약서에 기재된 전화번호를 눌렀다.

"네, 감사합니다. BU 케어 보험 고객 상담실입니다. 무엇
을 도와드릴까요?"

핸드폰을 쥔 손이 가늘게 떨렸다. 두근거리는 마음이 진정
되지 않았다. 하늘은 금방 눈을 뿌릴 듯 창백하게 얼어 있었
다. 아람이 마른침을 꿀꺽 삼켰다.

*

작은 얼굴에 꽉 찬 이목구비가 뚜렷했다. 요즘 인기 절정인
아이돌 그룹의 멤버를 닮은 듯했다. 카페 안의 손님들이 연신

이쪽 테이블을 흘낏거렸다.

"선배, 역시 이놈의 인기는 못 말리겠어요. 사람들이 죄다 이쪽을……."

"너 보는 거 아니거든. 창피하니까 조용히 해."

안 사원이 구시렁거리는 동안 고객은 불안한 시선으로 주위를 살폈다. 나 대리가 안심하라는 듯 부드러운 미소를 내비쳤다.

"고객님, 우선 이별에 관한 이야기를 들려주실 수 있을까요?"

남자가 아랫입술을 잘근거렸다. 상대의 배신? 갑작스러운 사고? 혹여 스토킹일까? 남자라고 피해자가 되지 말라는 법은 없으니까.

"사생활 보장은…… 확실하죠?"

그가 떠듬떠듬 말을 이어나갔다. 혹시 불륜? 만약 그런 관계라면 길게 얘기할 필요가 없다. 하지만 단정은 금물이었다. 고객이 먼저 마음을 열 때까지, 그렇게 명확한 사실관계를 파악하기 전까지는 기다려야 한다. 그것이 상담의 시작이었다.

"그 점은 걱정하지 않으셔도 됩니다. 고객님의 사생활을 함부로 발설했을 시에는 법적책임을 물으실 수 있습니다.

더불어 회사를 상대로 정신적 손해배상을 청구하실 수도 있습니다."

'너만 알고 있어', '너에게만 하는 얘기야', '너를 믿으니까 하는 소린데'로 시작하는 말들은 곧 지하철 광고판이 되곤 한다. 주위 사람들은 물론 그 사돈의 팔촌까지 알게 되기도 한다. 안타깝게도 세상에는 내 마음을 오롯이 보여줄 수 있는 상대가 그리 많지 않다. 왜 내 입으로 약점과 치부를 떠들었을까 후회할 때는 이미 늦어버렸다. 때론 상대가 나를 모르기에 비로소 속마음을 털어놓을 수도 있다. 그것이 이별한 사람들이 BUC를 찾는 이유다.

"얼마 전에 사랑하는 사람과 이별을 했어요. 특별히 문제가 있었던 건 아니에요. 그냥 성격과 가치관 차이로 헤어졌어요. 서로 오해한 부분이 있었는데, 그것 역시 마지막에는 잘 풀었어요. 덕분에 상대에게 미움이나 증오는 남아 있지 않아요. 서로의 안녕을 바라면서 조용히 헤어졌으니까."

가장 성숙하고 이상적인 이별이었다. BUC가 쉽게 접하기 어려운 이별이라 할 수 있겠다.

"그런데 왜……."

나 대리가 두 눈에 물음표를 그리며 말끝을 흐렸다. 남자가 쓴웃음을 지어보였다.

"조용히 끝냈다고 마음마저 평화로운 건 아니더라고요. 막상 뒤돌아서는 걸 보는데 힘들었어요. 사실 지금도 많이 힘들어요."

남자는 다시금 아랫입술을 깨물었다.

"그런데 누구에게도 힘들다는 말조차 할 수 없네요."

"그럼 혹시 불륜……."

나 대리가 민첩하게 안 사원의 발등을 밟았다. 절대 앞서 가지 말라 가르쳤는데, 재교육이 아주 몹시 그리고 상당히 필요해 보였다.

"계속하세요, 고객님."

안 사원에게 찌릿한 시선을 던진 후 나 대리가 남자에게 고개를 돌렸다. 그는 큰 실수라도 한 듯 불안한 표정으로 자꾸만 두 사람의 눈치를 살폈다. 그렇게 한참을 망설이더니 조심스러운 몸짓으로 테이블 위에 사진 한 장을 올려놓았다. 사진 끝을 붙든 하얗고 가는 손가락이 미세하게 떨렸다. 나 대리와 안 사원이 동시에 사진으로 눈을 돌렸다. 그곳에는 어깨동무를 한 채 카메라를 향해 브이 자를 그리는 두 남자가 있었다. 한 사람은 마주앉은 고객이었다. 나머지 한 사람의 얼굴엔 작은 스티커가 붙어 있었다. 상대를 공개할 수 없단 뜻이었다.

"이런 이별도 상담할 수 있나요?"

긴장인지 두려움인지, 아니면 슬픔인지 알 수 없었다. 가늘게 떨리는 목소리가 나 대리의 가슴 깊숙한 곳까지 밀려들었다.

"어, 눈 내린다."

그 순간 누군가 소리쳤다. 카페 안의 사람들이 일제히 창으로 고개를 돌렸다. 무거워진 하늘이 결국 눈꽃을 흩날리기 시작했다. 나 대리와 안 사원 그리고 남자가 창밖으로 시선을 돌렸다. 눈송이가 제법 굵었다. 풍성한 함박눈이 내리고 있었다.

세상은 곧 하얗게 변할 것이다. 혹여 또 모를 일이다. 인간의 만남과 갈등, 오해와 상처까지 모두 저 눈 속에 파묻혀버릴지도……

눈이 폭설로 변하면 도로가 막힐 것이다. 길이 질척이고 미끄러울 테지. 신발과 양말까지 젖을지도 모른다. 야속한 택시는 오지 않고, 시린 바람이 뼛속까지 파고들 것이다. 그렇지만 눈이 내릴 때만큼은 더없이 아름답다. 그 모든 것을 잊게 할 정도로…… 이제 막 시작된 사랑처럼.

카페에 있던 사람들이 하나둘 핸드폰을 꺼내 들었다. 나직한 목소리와 기분 좋은 웃음이 진한 커피 향처럼 떠다녔다.

새하얀 눈 속에 담긴 오래전 추억이, 누군가의 얼굴이 송이 송이 탐스럽게 떨어지고 있었다.

새해가 되고 1월에 내리는 눈이야말로 첫눈이 아닐까? 무엇을 어느 기준에서 보느냐에 따라 세상은 달라진다. 사랑도 마찬가지다. 남들과는 조금 다른 관점으로 사랑을 보는 사람이 엄연히 존재한다. 그런 이들에게는 1월에 내리는 눈이 진짜 첫눈이 될 것이다.

"그럼요, 고객님. 저희는 어떤 이별도 환영합니다. BU 케어 보험에 잘 가입하셨습니다."

나 대리가 웃으며 말했다. 안 사원이 고개를 크게 끄덕였다. 막상 말은 했지만 어디서부터 어떻게 상담을 시작할지 머릿속이 분주했다. BUC의 일은 어렵고 복잡하며 좀처럼 명확한 해답을 찾을 수 없다. 그렇기에 기본에 충실하며 단순하게 접근하는 것이 최선이다. 모든 상담의 시작은 경청이다. 그저 괜한 선입견이나 편견 없이 상대의 이야기를 들어주는 것만으로도 상담의 반은 성공한 셈이다.

"그럼 첫 만남 이야기부터 시작할까요?"

나 대리가 의자를 움직여 바투 다가앉았다.

"차 드시면서 편히 얘기하세요."

안 사원의 시선이 머그잔을 가리켰다. 눈처럼 창백했던 남자의 얼굴에 조금씩 온기가 차올랐다.

*

식사가 끝났다. 음료는 모두 커피를 선택했다. 음식 냄새가 가득했던 방 안에 진한 커피 향이 차올랐다. 산미가 강한 원두였다. 누구는 그래서 좋다 했고, 어떤 이는 입에 맞지 않는다고 했다. 그건 어쩌면 타인을 보는 일과 비슷했다. 누군가는 상대가 웃음이 많아 가볍다 했고, 어떤 이는 그래서 호감이 간다고 했다. 간가영이 조용히 커피를 마셨다. 시큼씁쓸한 맛이 나쁘지 않았다.

"그래서 다음 모임은 영국에서 하자고?"

라라미가 피식 웃으며 말했다. 사람이 든 자리는 몰라도 난 자리는 안다더니 단다빈이 빠지자 빈자리가 휑했다. 네 사람 중에 한 명이 빠졌으니 당연히 허전할 수밖에 없겠지.

"잘 적응하고 있다니 다행이네."

간가영이 말했다. 두 사람이 동조하듯 고개를 끄덕였다. 단다빈은 작년 말에 딸 사하와 함께 영국행 비행기에 몸을 실었다. 뒤늦게 유학을 선택한 딸을 혼자 보낼 수 없어 내린 결정이었다. 적응할 때까지만이라도 함께 지낸다 했다. 어린

276

아이도 아니고 다 큰 딸이 유학을 가는데 왜 엄마까지 따라 나설까 싶지만, 벌건 대낮에 집 앞 놀이터에서 딸을 잃을 뻔한 단다빈이었다. 그녀의 귀에는 아무 소리도 들리지 않았을 것이다.

"아주 그런 놈은 평생 햇빛을 못 보게 해야 해. 어디 할 짓이 없어서 남의 집 귀한 딸을."

라라미가 주먹까지 말아 쥐며 소리쳤다. 생각만으로도 화가 나는 건 간가영도 마찬가지였다. 남나희가 길게 한숨을 내쉬었다.

"세상에, 그런 고통을 당하고 있는지 누가 알았겠어. 하긴 다들 말을 안 해서 그렇지 가슴에 까맣게 탄 숯덩이 하나씩은 태우고 있을 거야."

그런 남나희야말로 몇 달 사이에 얼굴이 반쪽이 되어 나타났다. 다행인 것은 폐인처럼 지내던 아들 바노가 조금씩이나마 일상을 되찾아간다는 소식이었다. 그것만으로도 한시름 덜었다며 그녀는 힘없는 웃음을 내비쳤다. 눈가에 주름이 깊었다.

"마주는 여전히 사귀는 사람 없어?"

라라미가 물었다. 간가영이 대답 대신 커피 잔을 들어 올렸다. 아직 아무에게도 말하지 않았다. 딸 마주가 그동안 무슨 경험을 했는지, 그로 인해 어떤 재미난 상황이 연출되었는지를. 그러니 누구도 상상하지 못할 것이다. 간가영의 눈앞으로 검은 양복을 입은 두 사람이 스쳐지나갔다.

"요즘 그런 질문은 큰 실례라잖아. 우리 바노도 그렇고, 다빈 씨네 딸 사건도 그래. 나는 '이별해서 인생 망가지지 않으려나', '이별해서 목숨 위험해지지 않으려나' 하는 생각만으로도 무섭고 숨이 막혀. 뭐 자연스럽게 인연이 닿으면 모를까, 사랑이니 연애니 굳이 억지로 할 필요가 있을까 싶어."

남나희가 무겁게 어깻숨을 내쉬었다. 간가영 역시 같은 생각이었다. 아무리 시간이 지나고 기술이 발전해도 사람들은 사랑에 대한 환상을 버리지 않았다. 지구의 자전처럼 사랑의 시작과 끝도 무한히 반복되고 있었다. 그렇게 사랑과 이별을 한 바퀴 경험한 마주는 생각보다 담담했다. 아니, 오히려 평온해 보이기까지 했다.

'뭐 언젠가는 나에게도 툭탁거릴 인연이 나타나겠지.'

선뜻 이해되지 않는 말을 내뱉은 적도 있었다. 이별이 딸에게 어떤 변화를 가져왔는지는 알 수 없었다. 한 가지 분명한 것은 마주가 전보다 밝아졌다는 사실이었다. 덕분에 간가영은 또 한 번 실감할 수 있었다. 이별이 다 나쁜 것만은 아니라는 사실을. 그녀 역시 이별이 없었다면, 지금의 남편을 만날 수 없었을 테니까.

'엄마가 이모한테 내 얘기 했어? 뭘 그런 것까지 얘기해.'

타인에게는 절대 개인적인 얘기를 하지 않는 간가영이었다. 이 모임이 꾸준히 지속되는 것도 그 때문이었다. 서로가 서로에게 선을 지켰다. 상대에게 곤란한 질문을 하거나 괜한 이야기를 떠벌리지 않았다. 그러나 동생에게만은 달랐다. 그러지 말아야지 하면서도 동생의 집요한 질문에 어느새 미주알고주알 속마음을 털어놓고는 했다. 비슷한 세대에 비슷한 또래를 키우는 자매였다. 알게 모르게 서로에게 의지하고 있었다.

'이모한테 무슨 얘기를 들었는지 마희가 BU 케어 보험을 알더라고. 자기 친구 중에 요즘 썸으로 속앓이하는 애가 있다나? 온종일 조르더니 반강제로 나 대리님 전화번호를 빼앗아갔어.'

진이 빠지도록 상대를 물고 늘어지는 건 동생이나 조카나 마찬가지였다. 그런 조카가 덜컥 비행기표를 예매한 날 동생은 큰 사달이라도 난 듯 울먹이며 전화했다.

'언니, 우리 마희 진짜 가려나봐. 몇 년째 떠난다고만 하고 별 행동이 없었잖아. 저러다 말겠지 했는데 갑자기 덜컥 비행기표부터 예매했지 뭐야? 아니, 모아놓은 돈도 별로 없는

것 같은데 그렇게 대책 없이 떠나면 뭘 어쩌겠다고.'

'우린 뭐 뾰족한 대책이 있어서 결혼하고 애 낳고 살았니?'

말은 그렇게 했지만, 조카가 걱정되는 건 간가영도 마찬가지였다. 하지만 그게 또 젊음이라고 생각했다. 그녀가 이런저런 생각을 하는 사이 화제는 단다빈의 딸에 머물러 있었다.

"그나저나 경황이 없어서 그때는 못 물어봤는데, 사하 대신 칼에 찔린 사람이 누구라고 그랬지? 남자라고 하지 않았어?"

라라미가 물었다. 간가영과 남나희의 시선이 허공에서 마주쳤다. 그날 일을 이야기하던 단다빈은 생각만으로도 힘든지 온몸을 부들부들 떨었다. 격한 감정으로 끊임없이 눈물을 흘렸다. 대부분이 울먹임이라 좀처럼 전후 사정을 파악하기 어려웠다. 그럼에도 그녀의 딸 사하가 무사하단 결론만으로 다들 가슴을 쓸어내렸다.

"하도 울어서 다시 묻기가 좀 그랬어."

남나희가 대답했다. 라라미의 미간에 주름이 잡혔다. 그날의 기억을 떠올리는 듯 보였다.

"보험을 들어서 천만다행이라고 하던데? 그 다친 사람 상해보험 얘기하는 건가?"

"보험?"

남나희가 물었다. 라라미가 커피를 호록 마시고는 말을 이었다.

　"근데 검은 양복 덕분이라 하지 않았어?"

　"검은 양복?"

　이번에 물은 건 간가영이었다. 혹시 사하 엄마, 그러니까 단다빈도 BUC를 알고 있는 게 아닐까? 오래전 산후조리원에서 그 보험에 관심을 보인 사람은 단 한 명도 없었다. 물론 거기에는 간가영도 포함되었다. 그녀가 뒤늦게 BU 케어 보험에 가입했다는 사실을 아무도 알지 못했다. 하지만 또 누가 알까? 그날 간가영처럼 마음을 바꾼 사람이 또 있었는지.

　"설마……."

　남나희가 혼잣말을 하며 생각에 잠겼다.

　"왜? 나희 씨는 뭐 알아?"

　간가영이 눈치를 살피며 입을 열었다. 잠시 입술을 달싹이던 남나희가 선웃음을 지었다.

　"아니야. 아무것도."

　간가영이 천천히 커피 잔을 들어 올렸다. 질병이나 상해, 화재도 아니었다. 이별에 보험을 들다니, 이별 전문가에게 상담을 받는다니……. 남들에게는 좀처럼 털어놓기 어려운 이야기였다. 사랑과 이별은 자연스러운 과정이 아닌가. 얼마나 나약하면 그것 하나 혼자 이겨내지 못할까. 왜 말도 안 되는 보험회사의 상술에 휘말리는 걸까. 분명 그렇게 색안경을 끼고 보는 사람들이 있을 터였다. 혹여 그 화살이 딸에게 돌아가지 않을까, 간가영은 절대 BU 케어 보험의 존재를 떠벌리지 않았다.

지극히 사적이고 은밀한 이별이기에 오히려 후유증이 심각할 수밖에 없었다. 섣부른 위로나 독한 술 한잔으로 털어버리기엔 그 아픔이 너무 컸다. 남들의 시선 탓에 일부러 괜찮은 척하고, 상대의 귀에 들어갈까봐 괜스레 쿨한 척하고, 어떻게든 잊어보겠다는 일념으로 마음에도 없는 새 만남을 갈구했다. 아픈 만큼 성숙해지는 것이 삶이라면, 그 아픔이야말로 진심을 다해 정중히 다스려야 하지 않을까? 그것이 어느덧 간가영의 새로운 철학이자 믿음이 되었다.

"좋은 만남만큼 성숙한 이별도 필요하지."

남나희가 혼잣말하듯 나직이 중얼거렸다. 가만히 커피 잔을 바라보는 눈빛에 설핏 미소가 어렸다. 누군가를 떠올리는 것 같기도 하고, 오래전 추억을 반추하는 모습 같기도 했다.

"다들 사랑에 관해 이러쿵저러쿵 잘도 말하면서, 정작 이별은 무조건 견디라고 하잖아. '시간이 약이다', '다른 인연이 또 온다' 그게 전부야. 사람마다 다른 사랑을 하는데, 그러면 자연스레 이별 방식도 달라야지."

간가영이 말했다. 남나희가 동조하듯 고개를 주억거렸다.

"어떻게 보면 사랑의 끝은 이별이니까."

"사랑의 또 다른 시작도 이별이지. 결국 이별의 후유증이 없어야 새로운 사랑도 시작할 수 있다는 뜻이잖아."

"두 사람, 지금 뭐야? 오늘 이별에 대한 철학적 고찰이라도 토론하러 나왔어?"

라라미가 손뼉을 짝짝 쳤다. 그 소리에 두 사람의 시선이 돌아섰다.

"뭐 그렇다는 거지."

남나희가 멋쩍은 미소로 말을 끝맺었다. 간가영도 엷게 웃었다.

"하늘을 봐야 별을 딴다고, 두 분은 아들딸이 사랑깨나 해 봤으니까 이별도 생각할 수 있는 거야. 우리 아람이는……."

라라미가 이야기를 멈추고 길게 한숨을 내쉬었다.

"보면 완전 숙맥은 아닌 것 같은데. 나름 여자애들하고도 잘 지내거든. 그 나이 먹도록 누군가를 좋아해본 적도 없나 봐. 그 녀석 보면 내가 다 그 푸릇푸릇한 청춘이 아까워."

"자식 겉 낳지 속 낳아? 엄마한테 말을 안 할 뿐이겠지."

간가영이 말했다.

"이미 누구 사귀고 있을 수도 있어."

남나희도 한마디 거들었다. 그러나 라라미는 변함없이 풀죽은 표정이었다.

"어제도 친구 전화 받고 한밤중에 좋다고 나갔어. 걔는 어릴 때부터 친구밖에 모르는 녀석이야."

통창 너머로 진눈깨비가 흩날렸다. 세 사람의 시선이 밖으로 향했다.

"올해는 연초부터 눈이 많이 오네."

간가영이 말했다. 그사이 눈송이가 제법 굵어졌다.

"눈이랑 비는 늘 걱정거리야. 많이 와도 걱정, 안 와도 걱정."

남나희가 창밖을 보며 중얼거렸다.

"사랑이랑 똑같네. 해도 걱정, 안 해도 걱정."

라라미의 입에서도 허탈한 웃음이 흘러나왔다.

세 사람은 오랫동안 내리는 눈을 바라보았다. 누구에게도 해를 끼치지 않는 눈이 되기를 바라며. 하지만 모두 알고 있었다. 지금 내리는 눈 때문에 누군가는 힘들 거라는 걸. 지금 사랑을 하는 모든 사람이 마냥 행복하지만은 않듯이, 이별한 모든 이가 죽을 만큼 슬프지만은 않듯이, 세상에 절대적 완벽이란 없다는 사실만이 유일하게 완벽한 정의임을 모두 잘 알고 있었다.

눈이 세상의 모든 경계를 하얗게 지워냈다.

작가의 말

사람들이 소위 말하는 예술에는(그것이 순수든, 상업이든 간에) 사랑과 이별에 관한 뻔한 클리셰가 존재한다. 하지만 인간의 삶에서는 만남과 헤어짐의 클리셰란 있을 수 없다. 모든 이들의 사랑은 개별적이며 이별 역시 고유하니까.

사랑 이야기에 '주인공'이나 '캐릭터'가 아닌 '나와 너'가 등장하는 경우를 보자. 함께 밥을 먹고 영화를 보고 밤늦게 헤어지는, 이토록 지루하리만큼 평범한 하루가, 오직 두 사람에게는 세상에서 가장 특별한 날이 된다.

이별도 마찬가지다. '나'의 이별은, 다른 누구도 아닌 '너'와의 헤어짐은, 세상 모든 불빛이 일시에 꺼져버리고 한여름에도 보이지 않는 눈이 내리는 듯 엄청난 어둠과 추위를 몰고 온다. 그 시린 감정은 당사자가 아니면 절대 알 수 없다. 세상 그 어떤 언어로도 표현할 수 없다. 그러니 인간의 삶에는 비슷한 사랑도, 그저 그런 이별도, 익숙한 아픔도 존재할 수 없는 것이다.

우리는 모두 각자의 행성에서 유일한 상대를 만나 남들은 절대 알 수 없는 시간을 보낸다. 그곳의 카페는 오직 한 곳이며, 영화관과 식당, 사철 봄이 머물러 있는 꽃집과 한적한 공원, 그 길 끝에 나란히 앉았던 낡은 벤치와 온기를 품은 캔 커피까지…… 늦은 밤 기다리던 지하철과 버스도 모두 하나뿐이다.

'너'와 '나'만이 갔던 곳이고, '너' 혹은 '나'만이 볼 수 있는 추억이 덕지덕지 묻어 있는 장소니까. 그러니 이 세상, 아니 온 은하계에서 유일무이할 수밖에……. 그 어떤 아름다운 사랑 이야기도, 그 어떤 가슴 아픈 이별 장면도 내가 직접 경험한 사랑보다 아름다울 수 없다. 아플 수도 없다.

결국 예술은 인간의 삶보다 늘 한 수 아래란 뜻이다. 이번 소설을 쓰면서 나는 그 지극한 사실을 다시 한번 깨달았다. 그래서 다행이라고 생각한다. 해변의 모래알보다 많고, 우주보다 신비하며, 바닷속 생물들만큼이나 다양한 사랑과 이별에 둘러싸여 있어서. 나 대리와 안 사원이 앞으로도 오랫동안 만나게 될 독립적이고 개성 넘치며 고유한 사랑을 기대해본다.

2023년 겨울의 시작에서
이희영

이희영 장편소설

BU 케어 보험

ⓒ 이희영

초판 인쇄	2023년 11월 06일
초판 발행	2023년 11월 29일

지은이	이희영
펴낸이	지영주
편 집	한수림
교정 교열	최고라
표지 디자인	함익례
본문 디자인	데시그
마케팅	최기현 김채린
경영 지원	정의정 신세련

펴낸 곳	㈜자이언트북스
출판 등록	2019년 5월 10일 제2019-000085호
주소	경기도 고양시 덕양구 덕은1로 5 2층
전화	070-7770-8838
팩스	02-516-5320
홈페이지	www.giantbooks.co.kr
전자우편	books@giantbooks.co.kr
인스타그램	https://www.instagram.com/giantbooks_official/

ISBN 979-11-91824-32-2 (03810)